有爱的青春陪伴者

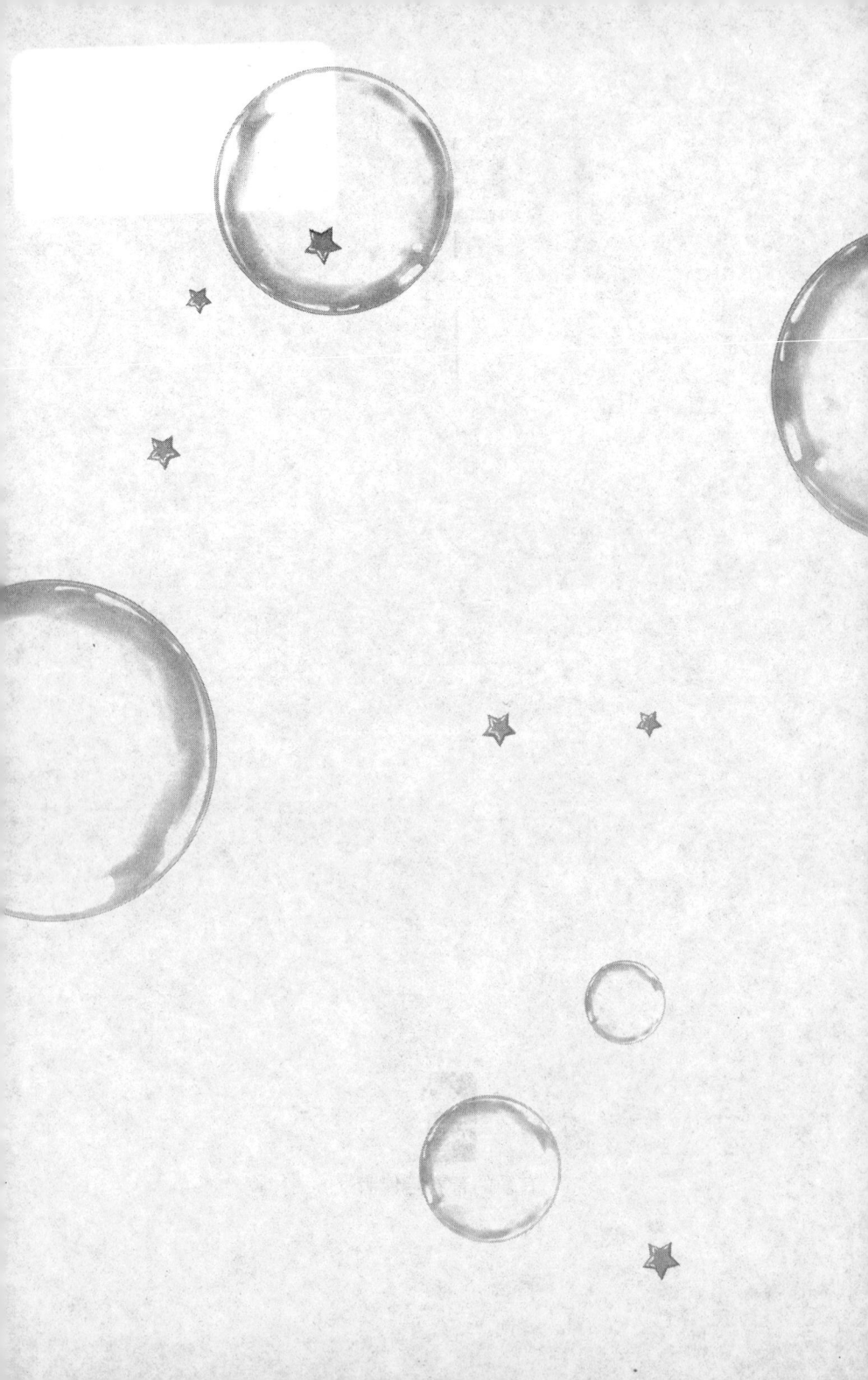

图书在版编目(CIP)数据

隔壁财神来我班. 2 / 城南花开著. -- 石家庄：花山文艺出版社，2021.7
 ISBN 978-7-5511-5620-2

Ⅰ. ①隔… Ⅱ. ①城… Ⅲ. ①长篇小说－中国－当代 Ⅳ. ①I247.5

中国版本图书馆CIP数据核字(2021)第052520号

| | |
|---|---|
| 书　　名： | 隔壁财神来我班. 2<br>GEBICAISHENLAIWOBAN. 2 |
| 著　　者： | 城南花开 |
| 统筹策划： | 张采鑫 |
| 特约编辑： | 伍奕兴 |
| 责任编辑： | 于怀新　张凤奇 |
| 美术编辑： | 胡彤亮 |
| 责任校对： | 郝卫国 |
| 装帧设计： | Insect　Cain酱 |
| 封面绘制： | tendy |
| 出版发行： | 花山文艺出版社（邮政编码：050061）<br>（河北省石家庄市友谊北大街330号） |
| 销售热线： | 0311-88643221/29/35/26 |
| 传　　真： | 0311-88643225 |
| 印　　刷： | 湖南达美程智能科技股份有限公司 |
| 经　　销： | 新华书店 |
| 开　　本： | 880×1230　　1/32 |
| 印　　张： | 9 |
| 字　　数： | 210千字 |
| 版　　次： | 2021年7月第1版<br>2021年7月第1次印刷 |
| 书　　号： | ISBN 978-7-5511-5620-2 |
| 定　　价： | 39.80元 |

（版权所有　翻印必究・印装有误　负责调换）

# 目录 contents

⭐ 第一章 / 001
赤子之心

⭐ 第二章 / 035
隔阂

⭐ 第三章 / 064
红色千纸鹤的主人

⭐ 第四章 / 088
林茶的意识世界

⭐ 第五章 / 111
甫川的记忆

⭐ 第六章 / 132
不被黑暗浸染的灵魂

⭐ 第七章 / 167
哪怕危险也要守在他身边

# 目录
## contents

⭐ 第十一章 / 216
我不会伤害你

⭐ 第十二章 / 236
跟看到你的时候不一样

⭐ 第八章 / 177
也算是如愿以偿了

⭐ 第十三章 / 261
想把最美好的东西都给你

⭐ 第九章 / 189
她必须承担自己的责任

⭐ 番外 / 277

⭐ 第十章 / 201
他想念那时他们可以时时
刻刻在一起

# 第一章
## 赤子之心

公园里的风吹得人身上凉飕飕的,但因为两个人是挨着坐在一起的,所以心里是暖的。

一个人行走在这个世界上的时候,如果能够找到一个跟自己心意相通、互不背叛、有着共同的人生目标和理想,并且还可以一起奋斗的人,是多么不容易!

林茶心里暖和了,整个人也变得更加柔软。她轻声说道:"我感觉死灵不像妒灵那样好糊弄。"

闵景峰自然是知道的,不然他也不会一直都不让死灵回他身边。他知道自己现在就只是一个年纪较小、没什么太大能力的人类而已,如果死灵重新回到他身边,难保不会发现他如今真正的实力,从而想要造反。

"我会观察他那边的情况,你下一次遇到他的时候,不要跟他硬扛。"闵景峰最担心的就是这个事情。

林茶这个人平时看上去很好说话,可每次遇到这样的事情,她那不撞南墙不回头的性子就显露了出来。

林茶摇了摇头:"没事,我昨天已经试验过了,他对我造不成什么伤害。"

虽然是这样说,但闵景峰心里还是不放心。

说着说着,林茶就困了,不停地打哈欠。她微微靠在闵景峰的肩膀上:"借我靠一会儿……"

"嗯。"

闵景峰看着她靠在自己肩膀上沉睡,他却睡不着。

凉风习习,公园里的人也越来越少,闵景峰就坐在这里,看着来来往往的人,以及这陌生的城市、陌生的夜晚。

突然,闵景峰看到一个红眼睛黑衣男人走了过来。

闵景峰之前已经听林茶说过了,知道这个男人就是死灵。他面无表情地看着对方,直到对方走到他的面前,向他抱拳。

"属下死灵见过主子。"

闵景峰感觉有点头疼,每次听到这个称呼,就觉得特别"中二"。

尽管这个称呼听着别扭,闵景峰还是硬着头皮开口:"你今天似乎挺忙的?"

死灵一直注意着旁边的林茶,他知道闵景峰和林茶关系好,也知道自己应该顺着闵景峰的意思不动林茶,可是多年来的经历已经让他养成了见到人类守护者便想出手的习惯。

死灵看了看闵景峰,他不确定闵景峰到底有没有生气,只能试探性地说:"最近人类负能量比较多,正是我们大显身手的时候。"

闵景峰看着他,不悲不喜,冷冷地说:"是吗?所以到了你大显身手的时候,就把我说过的话抛到了脑后?"

死灵也没有忤逆闵景峰的意思,直接低下了头,便听到闵景峰说道:"下去吧。"

死灵暗笑一声,立马离开了。离开前,他还看了一眼正在装睡的林茶。

死灵一离开,林茶就睁开了眼睛。她刚开始其实是睡着了的,后面动静很大,她自然就醒了。

但她没有睁开眼睛,她一直在听他们俩说话。

林茶对闵景峰说道:"闵景峰,你好厉害,一下子就把他说走了。"

闵景峰摸了摸她的头,还不够。

这还远远不够。

"嗡嗡嗡……"

这时,林茶的手机响了,来电显示的是一个陌生号码。

林茶第一反应就是她爸的人给她打来电话了。她以前的手机上存了不少这种号码,后面换了手机就没有存过这些号码了。

林茶接了电话,果然是有人来接她了,那人正询问她所在的位置。

"中央公园这边,我们就在入口大门处。"林茶说道。

接着，林茶快速站了起来，拉着闵景峰去大门那边等车子。

没一会儿，他们就看见有车子过来了。

林茶带着闵景峰走过去，在看到司机时，愣了一下。这是一个非常强壮的中年男人，虎背熊腰，看到他们的时候，脸上带着不耐烦。

林茶不是因为对方的外表发愣，而是对方身上的黑气。

林茶只能看到这人身上的黑气，并不能看到黑气代表的救助信息。

于是，她转过头，看向闵景峰。

闵景峰看了一眼司机，然后跟林茶对视了一眼。

司机看着他们，说道："我这不是出租车，不搭人。"

这个司机并不是林茶爸爸派来的人，只是恰巧他们一出公园，这个车刚好就停到了公园的大门口，林茶就以为这是她爸派来的车。

林茶想了想，赶紧说道："叔叔，等一下！"

司机皱着眉头，有些不耐烦："做什么？"

闵景峰向来知道林茶的性格，赶紧抢在林茶前面，语气和善地说："叔叔，我想回市区，能不能带我一程？"

林茶知道这个司机有问题，对方还这么魁梧，若让闵景峰一个人待在车上太不安全了，她赶紧拉了拉闵景峰的手，说道："我跟你一起回市区！"

司机原本压根儿不准备搭理他们，想要赶他们下去，但是转念一想，继续跟他们在这里纠缠下去反而容易出事。他眯了眯眼睛，说道："你们上来吧。"

闵景峰拉开车门时，暗示林茶——

车后备厢里有一个女人。

闵景峰心想,原来在自己还没有处理掉上一个求助信息的事情时,也还能收到新的求助信息。

林茶从闵景峰那里得到这个信息,顿时感到后背一凉,暗想这个司机果然是坏人。林茶顾不得太多,见闵景峰坐了进去,自己也立马坐了进去。

林茶突然想起来这人就算是坏人,也是有童年的,既然这人有童年,自己应该就能看到他小时候的经历吧?

林茶想要属于这个人的千纸鹤。

林茶只是这样想想,就立马看到一只只千纸鹤围绕在这个男人的身边。

林茶稍微招了招手,围绕在男人身边的千纸鹤便到了她身边。

林茶皱了皱眉头,她在千纸鹤幻象里看到的众多小孩子中,这人是她见过的最调皮的一个。

男人家中有三个姐姐,家中父母又重男轻女,于是他十分受宠,从小就肆无忌惮地欺负三个姐姐,且什么都要最好的。

这种经历的人无非就是长大了以后受不得任何挫折,一旦经历了小小的挫折,便想要报复社会。

林茶无语,死灵这种时候就不出现了?他是专门欺负好人吗?

林茶确定了男人的事迹后,便准备发短信报警。

林茶发短信的时候,特别紧张,好在司机压根儿没有意识到自己已经暴露了。司机正在一边开车,一边跟两个人说话:"看你们俩的样子，年纪应该不大吧，是不是还在读高中？"

林茶没什么耐心跟司机聊天，闵景峰确定林茶已经报警了，看了看司机，同样没搭理他。

司机见两个人都不搭理自己，觉得自己被轻视了，表情更加难看，正好这段路已经没什么车辆了。

司机开口说："我车没油了。"紧接着就将车靠边停了下来。

无论是林茶还是闵景峰，都没有慌乱，两个人对视了一眼。

闵景峰用眼神示意林茶：你待在车里别动，我下去解决了他就回来。

林茶点了点头。

下一刻，车门被司机打开。

司机想过来拖人，却迎面就被浇了一碗冰糖糍粑，紧接着又挨了闵景峰一拳，被打翻在地。

闵景峰看向林茶。

"刚才你看我的意思不是让我用冰糖糍粑偷袭他吗？"

两人默契的小船说翻就翻。

不过此刻两人最重要的事情还是解决这个司机，闵景峰趁着司机被打倒在地还没有回过神来的时候制伏了他。

两个未成年人把司机绑了，扔在一边。

林茶立刻去开后备厢，看到了躺在里面已经昏迷的年轻小姐姐，好在这个小姐姐只是昏迷。

就在这时，两人听到警车的声音。

他们对视一眼，都想起一个不容忽视的事情。接着，两个人有条不紊地把自己留下的痕迹抹掉。

因为他们想起,一旦他们去公安局做笔录的话,他俩要怎么解释,他们在没有坐任何交通工具的情况下,在三个小时之内跨越两个城市?

两个人撒腿跑得特别快,尤其在警鸣声越来越近后,两个人跑得更快。

闵景峰腿长,一把将林茶薅在自己身上背了起来,然后再继续跑。

林茶在闵景峰的背上,乐得不行:"咱们这算是做了好事都不敢留名。"

这要是留名了,那他们真的是解释不清楚了。

他们只要回去,就不容易被发现了,毕竟他们是瞬移跨城来的,这一路走的路上没什么摄像头。

要是真的被警察找到了,他们俩到时候咬死不承认就行了。

两个人跑的时候,正好遇到了来接林茶的车。

林茶一怔。

怎么忘了这个事情了,她爸那边要怎么解释?

原本林茶对爸爸说自己突然出现在山茶市的原因是定位器出了问题,她是提前了很久去的山茶市。

她爸可能对这件事将信将疑,但是也不会太过于追究这个事情。

但是如果说正好山茶市出现了一个奇怪的案子,还是年轻女孩子险些遇害的案子,她爸由于担心她的安危,肯定会查一查这件事,到时候她爸就不会那么容易被她糊弄过去了。

闵景峰见她眉头紧锁，顾及坐在前面的司机，于是小声问："怎么了？刚才还挺高兴的，怎么突然就不高兴了？"

林茶看了闵景峰一眼，同样小声说："我在想要怎么跟我爸妈解释这个事情。"

闵景峰想了想："定位器坏了。"

两个人果然是知己，连思考问题的方向都是一致的。

闵景峰继续说："要是问到了我，就说我有双胞胎兄弟。"

林茶叹了一口气："我其实是在想，要不然把我这个事情告诉我爸妈算了。"

当然，只把她自己的事情告诉爸妈，不说闵景峰的事情。

闵景峰皱皱眉头，他跟林茶的成长环境完全不一样，他自然是不相信家人的。

在他看来，人们之间所谓的血缘关系只是上天随意安排的结果。

虽然闵景峰知道林茶爸妈对她挺好，也很关心她，可是以往的问题对于他们之间是没有利益冲突存在的，如果现在他们发现了林茶身上那能够震撼全世界的秘密所带来的巨大收益，他们能够抵抗住这么大的诱惑吗？

闵景峰不知道，他只知道如果林茶不说这件事就没有风险，如果说了肯定是有风险的，所以哪怕林茶不高兴，他也要说："我们需要从长计议，你不能这么冲动。"

林茶点了点头："对的。"

林茶其实没有防备过她爸妈还有哥哥,只是这种事情一时半会儿也不知道该怎么和他们说。

第二天,山茶市年轻女孩遇险的事情果然上新闻了。

这件事之所以能够上社会新闻头条,大概是因为太戏剧化了。

据受害者口供,司机在大概晚上八点的时候,已经把受害者放进后备厢里了。司机的口供是,他载着受害者往回走的途中,有两个穿着校服的高中生上了他的车,那两个高中生报警并且打了他,可是警察后来怎么都没有找到他所说的高中生,警察把全市所有高中校服都确认过,这些校服中并没有司机看到的校服。

林茶看到这件事上新闻头条的时候,已经在想要怎么跟爸妈解释这个事情了。

果不其然,手机很快响了起来。

来电显示"爸爸"。

林茶心里琢磨一下,还是接起了电话。

"喂,爸爸,你吃饭了吗?"

那头的老父亲被林茶打断了思路,说道:"一会儿就去吃。"

"爸,别饿着了,快去吃饭吧。"

然后,林茶就挂了电话。

然而她爸永远是她爸,哪里有可能这么快就被转移了注意力?

她刚挂断电话,手机就又响起来了。

"茶茶,你还学会转移话题了?"那边的林父开门见山,"新闻上那两个穿着校服的高中生，是不是你和闵景峰？"

林茶讪讪道："是……"由于两人是一起坐车回来的，她爸当然知道闵景峰也去了山茶市。

她爸这个人她清楚，没有十足的把握，他就不会问这个问题了。

林父对这个回答没有表现出愤怒，而是接着问："茶茶，新闻上说出租车搭载两个高中生是在八点十分，但是七点的时候，还有人在学校看到了闵景峰。"

她爸果然犀利，林茶一下子不知道该怎么回应了。

"爸……"

林父："到学校门口来。"

林茶："好的……"

这么大的事情，怎么可能只在电话里面说？

"你爸给你打的电话？"

林茶起身的时候发现闵景峰站在她身后。

林茶点了点头："嗯，我得去学校门口了。"

闵景峰点了点头，说道："别忘了我昨天跟你说的事情。"

林茶应道："没有忘。"

闵景峰就这样看着她跑了出去。

林茶跑到学校门口，就看到停在路边的自家的加长林肯。

车里，爸爸妈妈和哥哥都在。

她哥手里拿着平板电脑，上面播放的画面正是昨天下午七点的时

候学校大门口的录像,闵景峰清晰地出现在画面中。

林茶低着头,不敢看家里人。

"闵景峰没有坐飞机的记录,没有坐火车的记录,就算是坐飞机坐火车,也不可能在一个小时之内就赶到了山茶市。"林父看着林茶,很严厉地说,"这到底是怎么回事?"

林茶一时之间不知道该怎么解释,更重要的是,对家里人,她也不想说谎。

其实……如果说谎的话,还是可以解释的,比如说——

闵景峰还有一个双胞胎兄弟,他们俩一个在打工一个在读书,自己去那边就是为了去看闵景峰的双胞胎弟弟的。

虽然这个解释很烂,但是至少这个解释是在人类接受范围之内的。

"你才十六岁,有什么事情,不要自己扛着,要告诉我们。"林妈妈开口。

林茶抬头看着爸爸、妈妈和哥哥,他们都很着急担心。

"有点复杂……"林茶想了想,坦诚地说,"我其实有特殊的能力。

"我的定位瞬间变化,并不是定位器出了问题,而是我自己瞬间离开了。"

林父皱了皱眉头:"这个能力对你身体有影响吗?对你会有什么危害吗?"

林茶有点不好意思:"其实也没有什么危害,就是我经常要去帮助那些需要我帮助的人。"

林葚有点不敢相信:"你还是个魔法少女?"

魔法少女？这个说法也太让人害羞了。

林茶摇了摇头："我没有魔法，就是有一小部分特殊的能力。其中包括能够查看到人小时候的记忆的能力。"

林妈妈皱了皱眉头："茶茶，你老实跟妈妈说，是不是闵景峰让你这么说的？"

林茶有点奇怪妈妈怎么突然提起了闵景峰："没有，我是十六岁以后才有这个能力的。"

"难怪你过完十六岁生日后就变了。"哥哥林苣说道。

林父林母都在仔细听林茶说话，两个人对视了一眼，对林茶说的话依旧是半信半疑的态度。

林茶自然是希望他们相信这个事情，因为唯有他们相信了，才会重视，不会随意地往外面说。

于是，林茶说道："等我一下！"

她从车上下来，然后跑到了旁边的小胡同里。

这个小胡同是单纯和善良经常带她去的意识世界的入口。

林茶这一次很顺利地进入了意识世界。

单纯和善良还在整理各种各样的信纸，林茶没时间和她们打招呼，直接拿了爸爸、妈妈和哥哥的千纸鹤后，出了意识世界。

林茶往回走的时候才发现，三个人都被她的突然离开吓到了，都下车来找她了。

"我没事，我就是想跟你们证明一下，我真的有这个能力。"

林父看着自己的女儿有点焦虑，他心里希望林茶说的不是真的，如果是真的，那这里面的麻烦风险不是林茶能够承担的。他问："你要怎么证明？"

林茶拉着三个人回到了车上，然后把千纸鹤放了出来。

林父的千纸鹤变成了一只小猫，林葚的千纸鹤变成了一串糖葫芦，林母的千纸鹤变成了一件红色的小外套。

林茶没有看他们记忆的内容，但是能够看出这些千纸鹤里面载着的都是一些比较重要、开心的记忆。

三个人都有点蒙，但还是按照林茶的意思，抱猫的抱猫，拿冰糖葫芦的拿冰糖葫芦，拿小外套的拿小外套。

林茶就在旁边看着他们，很快她就看到他们脸上出现了怀念和开心的表情。

他们再睁开眼睛的时候，那些东西都不见了。

林茶眼睛亮亮地看着他们："现在相信我了吧，我没有骗你们。"

林父开口："这个事情你还跟谁说过？闵景峰？"

林茶"嗯"了一声。

林父怒道："你小时候不像现在这么缺心眼儿，怎么长大了就变得这么缺心眼儿了？这种事情是能随便告诉别人的吗？"

林茶赶紧说："他跟我一样，他也有特殊的能力，所以我们算是互相制衡。"其实制衡倒是谈不上，但是在她爸妈面前总不能说——

我相信他，他肯定不会出卖我。

她要是这样说，就等着她爸削她吧。

林父听到这话，松了一口气，说道："难怪那段时间，你跟他的关系突然变得那么好。"

林母说道："虽然说你们之间可以互相制衡，但你还是要谨慎，毕竟人心隔肚皮。"

林茶点了点头："我知道，我一定会谨慎行事的。"

林父看着林茶这副样子，怎么都不像谨慎行事的人，开口说道："最近你不要住学校了，住家里。"

她爸明显不是和她商量，关键是现在发生了这么大的事情，她实在不好拒绝他们。

她家人现在肯定是很担心她，等到她在家里住一段时间后，他们会发现她虽然有这个能力，但实际上生活还是跟以前没什么两样，到时她再提出出来住应该就没问题了。

另一边，闵景峰一直坐在教室里等林茶，不知道她能不能在父母面前瞒过这事。

很快闵景峰看到林茶回来了，她脸上带着笑容，一看就知道事情已经解决了。

林茶是典型的喜怒形于表的性子，闵景峰总是能够在林茶脸上看出她是否开心。

闵景峰松了一口气，压在心里的大石头，可算是移开了。他问："你怎么跟你爸妈说的？"

林茶看了看周围的同学，见他们都在看自己，于是拉着闵景峰的衣服，说道："走，我们出去说。"

林茶笑道:"他们已经能够接受了,我爸妈的接受能力还是挺强的。"

闵景峰太阳穴突突直跳,问道:"你把这个事情告诉你爸妈了?"

"还有我哥哥。"

闵景峰只觉得一股邪火直冲脑门,他咬牙切齿地问:"你把这些事情都告诉他们了?"

"说了,不过我只说了你跟我是同伴,没有说你的财神光环的事情。"要不然也解释不清楚,他在那么短的时间内实行了两地的瞬移这件事。

林茶很认真地跟他解释:"你别担心,不会出事的,我爸妈、哥哥人都挺好的。"

闵景峰听到这话后就像是喉咙里卡了一口老血,有火都发不出来。

闵景峰回忆起了自己的事情,他有一段时间和爸妈关系挺好的,他爸对他也挺好。

后来,他爸有了钱,他才明白一个人可以坏到什么程度,哪怕这人外表再光鲜亮丽也挡不住骨子里面的腐坏。

林茶看着闵景峰:"你怎么了,看上去好像很不舒服?"

闵景峰此刻何止是不舒服,他都快变成一条喷火龙了。

然而这条喷火龙在林茶面前还是没有办法喷出火来,他叹了一口气,自暴自弃地想着——

其实林茶这样也挺好的,她在这个世界上除了自己以外,还能再信任几个亲人,这也是令人高兴的事情。

闵景峰摸了摸她的头:"我没有不舒服。"

以后他多注意一点，多保护她。

如果说林茶连她自己的亲人也不能相信，面对他们也需要时时刻刻地防备，时时刻刻地撒谎，那……

他会更加心疼。

林茶现在真的挺高兴的，因为她解决了一直藏在自己心里的一个大事情。

闵景峰心里还是希望林茶的亲人能够一直不改变对林茶的态度，不要像他父亲那样。

他父亲的事情，他现在已经有点头绪了，在他第一次试图消除他父亲身上的救助信息却失败了以后，他还是总结了一下经验的。

他确定了一个方案：以其人之道，还治彼身。

闵景峰原本是想把这个事情告诉林茶的，但林茶还沉浸在跟父母摊牌，得到父母理解的喜悦中。他也不知道自己是什么心理，突然就不想跟林茶说自己要对付亲生父亲的事情。

林葚这段时间刚拍完了一部电影，正在家里休息，也知道了自己妹妹和闵景峰并不是真的亲密关系，便跟林茶说道："你们只是朋友也挺好的，毕竟现在网络上曝出来一些关于闵家的事情，都不是什么好事。你跟他不要走得太近了。"

林茶皱了皱眉，她这段时间都没有关注网络上的新闻。

林茶立刻拿出手机，很快看到了推送。

"闵家慈善基金会起底""闵家的背后"这些热搜一直排在前几位。

闵家慈善基金会已经被人起诉了,原来是其中一个慈善基金会的负责人的孩子出事了,她觉得这一切都是自己的报应,于是联合了以前的几个受害者把闵家慈善基金会告上了法庭。

林茶看完整个报道后,发现记者写了一笔"只是不知道那个见义勇为的热心市民闵某,看到现在这个情况会作何感"。

林茶觉得太不公平了,闵景峰这个父亲真是典型的坑儿子的一把好手。

他们有什么好事时,闵景峰是一点都不沾边,但是一遇到不好的事情,闵景峰必定被牵连。

林茶赶紧去刷牙洗脸,然后跑步去学校,他们现在住的地方已经不是以前的房子了,跟学校隔得非常近。

下课后,林茶下楼时看到闵景峰在楼下等她。

看到闵景峰脸上的瘀青,林茶原本的好心情一下子就飞了,踮起脚仔细看他的脸:"这是怎么回事?又是那个光环在反噬吗?"

以前闵景峰的黑色图案就是因为光环的反噬问题。

闵景峰摇了摇头,说道:"被我爸打的。"

林茶更加愤怒了:"他没事跑来打你干吗?"

闵景峰说:"他想让我出面帮他澄清一些问题,我不肯帮他,所以打我。"

林茶看过新闻,当然知道闵景峰爸爸要澄清的问题是什么问题。这么大的事情,闵景峰就算想帮忙也很难帮上。

林茶见他这样,更加心疼了:"你不用管他们,我们以后才是一家人!"

闵景峰本来就没准备管他们,很奇怪,他爸打他的时候,他本来可以避开的,但是那一刻他也说不清楚自己什么感受,反正他当时想到了林茶,想到了林茶对她父母的态度,鬼使神差之下,他没有避开。

这大概就是想要卖惨?

林茶不知道闵景峰的想法,只是越想越心疼,拉着闵景峰就去擦药:"以后咱们别理他们了。"

林茶眼里像是有着一种奇异的光,让人忍不住沉溺在其中。闵景峰克制地垂下了眼眸,不知道在想什么。

林茶本以为这已经够让人不舒服了,然而还有更让人气愤的,有人居然在网上扒闵景峰,说闵景峰压根儿不像网上所说的那样是个见义勇为的好人。

真正让林茶气得炸裂的是其中一条评论——

"天下哪有真正的歹竹出好笋,我身边有那种作恶多端的父母的,其子女就没有几个好东西!"

林茶忍不住回复他:"你身边就代表全世界了吗?"

"反正他不是什么好人,他本人品性如何我不知道,但我知道他所用的每一分钱都是闵家的肮脏钱,也就是说他的安逸是建立在那些孩子的痛苦上的,这样的人就不要说无辜了。"

林茶回复道:"你们真的是什么都不知道啊!你们要不要上网查查闵家的背景,闵景峰是前妻生的大儿子,很早以前就没有在闵家住了。他的钱是他自己辛辛苦苦挣的。"

"他肯定不是什么好人，我有同学跟他一个学校，当初闵景峰上热搜的时候就说，闵景峰这个人跟热搜上说的完全不一样，他还收过保护费。"

林茶回复："胡说，他压根儿没有收过保护费，是闵景峰帮那个受害者拿回了保护费，但是没有想到受害者反咬他一口。"

对方回复道："你是闵景峰的脑残粉吗？就看到你一个人在评论区怼大家。"

林茶心里气不过，表情凶狠地看着屏幕，恨不得钻进屏幕咬对方一口。

闵景峰原本以为林茶在玩手机，看到她这个表情，又看到她屏幕上的内容，见他的小奶龙再一次气成了小霸王龙，给她顺毛似的摸了摸头发，说道："不要跟他们计较，我没有放在心上，你也不要放在心上。"

林茶非常佩服闵景峰的一点就是，他是真的能够做到泰山崩于前而色不变，麋鹿兴于左而目不瞬。

林茶又转念一想，闵景峰要经历过怎样的事情才能练到今天这个地步，这样一想，瞬间就很心疼他。

网上这些新闻的风向很明显跟闵家有关系，大概是闵家想要用闵景峰转移注意力吧。

闵家官方微博表示这件事涉及行业内部恶性竞争问题，属于有人恶意中伤闵家，这件事闵家已经决定交给律师处理了。

林茶想接着往下看，却被闵景峰拿走了手机："一会儿要上课了，好好听课。"

林茶:"……"好吧,也的确应该好好听课。

林茶听课的时候,闵景峰也没有闲着。

闵家生意圈子里的人对闵家那点事情了解得一清二楚,却很少有人会爆料,营销号也被闵家警告过。

闵家生意圈子里的人都还在观望,等着闵家翻不了盘就上去踩一脚。

闵景峰很快就找到了一个营销号,爆料了一些事情。

下课后,林茶仍斗志满满,准备去跟网友解释。然而一打开手机,林茶就发现了一个问题——

现在网上骂人的风向又变了,网民们开始骂闵景峰的父亲了,林茶看了一眼,发现原来是有人爆料了。

一个两千多万粉丝的大V爆料:

"这对夫妻一直都是极品,圈内人都知道,只是外界不知道罢了,比如说大家都不知道这一任闵夫人是小三上位。不仅是小三上位,而且还逼死了前妻。现在也算是遭报应了。"

这下子倒是没有人关心闵景峰这个大儿子到底有没有收过保护费的事了,豪门狗血故事永远更加吸引人。

在这种一片倒的吃瓜中,居然还能看到一个评论——

"闵家居然是这种家庭环境,我还听说闵家的这个大儿子跟林甚的妹妹关系很好,现在看来,闵家大儿子肯定是过不了林茶父母那关

的。"

"林葺的妹妹？啊啊啊，我小姑子啊！我做嫂子的第一个不同意，嫁人不是嫁给一个人，而是嫁给一个家庭。"

林茶："……"

网友果然是无聊，居然分析他们两个人配不配，还弄了一个投票，也有一部分人去林茶哥哥那里询问情况。

林葺也是淡定，发了一条微博："我妹没有早恋。"

林茶这两天正高兴，终于有人知道她跟闵景峰纯洁的战友情谊了，没有想到网上的人居然有这么丰富的联想能力。

这时，有人出来表示："呵呵，林茶就是个仗着她爸妈的势力欺负人的家伙！"

林茶："……"不知道她什么时候仗势欺人了。

对于这种话，林茶直接忽视。

下面立马就有林葺的粉丝怼发这个微博的人。

一下子就把人惹火了。

这人又发了一条微博："你们要锤，就给你们锤，接好了！"

"10月18号，我被闵景峰收取了保护费，还被他打了两拳，后来学校是准备劝退屡教不改的闵景峰的，可是没想到林茶出现给闵景峰说情，帮他把这个事情压下去了，不信的人可以去问问我们学校的同学，几乎全校同学都知道这个事情。"

林茶刚才看对方第一条微博的时候就猜到这个人是谁了。

当初闵景峰就是见他被人收保护费，帮他打跑人，还把钱要回来，结果他转头就去学校举报闵景峰。

这个白眼狼!她早就想把这事揭露出来,免得以后别人一提到闵景峰就说这事。只是她苦于没有证据!再加上其他事情蜂拥而至,导致她没有精力关注这个事情。

林茶想到这里,皱了皱眉头。

这件事的发酵速度很快,什么闵景峰收保护费、殴打同学,靠着"朋友"的家世没有被退学的消息很多。

"现在网上的消息真是一点都不能相信了,没想到闵某居然欺凌弱小。"

"有一个很有意思的事情,当初明明一开始是一个出租车司机说是他的功劳,后面所有的功劳就变成了这个高中男生的。现在看来这里面有什么情况也是存疑的。"

"当初官方放出来的通报有没有水分,不出来交代一下吗?"

"你们批判对方仗势欺人没问题,但是没必要怀疑官方微博为了这个高中男生专门说谎吧?"

"当初就觉得一个高中男生,应该就是个打游戏无法无天的年纪,怎么可能做到心思缜密地救人。"

"对,闵某说到底就只是一个高中生,我当初就觉得有问题了。"

"不过他没有接受采访。怕是不敢吧,害怕一接受采访就暴露了整个人的无知。"

网民们仿佛有了新的黑人方向,一下子在这方面找到了突破口,

骂起人来仿佛自己就是被权势迫害的人。

林茶看得怒火中烧，喝了两杯凉茶压压火气，连上网怼人的心情都没有了，就想马上冲出去找那个白眼狼。

这个人到底是不是有毛病？陷害闵景峰一次没有成功，还想再来一次？

林茶被闵景峰拉住了，被他按在了座位上。

"不用着急。"

"他们都那样骂你了，我怎么不着急？"林茶越想越生气，越想越觉得不值得。

现在的人怎么就这么容易相信流言蜚语？

闵景峰脸上带着无奈，说道："这种事情，他们记不了多久的，只是说几句罢了，没什么大不了的。"

林茶皱着眉头，看着闵景峰。他脸上没有丝毫被人网络暴力的阴霾，有的只是一脸的坦诚和不在意。

林茶正义感满满，说道："他真当他自己是猪八戒，打完一耙还想打一耙！上一次我就想跟这个猪八戒算账，结果事情太多了，一直耽搁了。"

闵景峰在听到林茶说猪八戒打完一耙还想打一耙的时候，笑了。

"你严肃一点！"林茶说道。

闵景峰瞬间沉了脸，表情特别严肃，声音低沉道："严肃！"

林茶拿出手机，打开录音模式，确定没问题后，拉着闵景峰走出学校食堂。

那个倒打一耙的猪八戒名叫梁丰。

他跟林茶不是一个班,是闵景峰以前班上的同学。

两个人到教室时,并没有找到梁丰,其他同学看着两个人简直就像是在看仗势欺人的恶人。

闵景峰冷冷地看了一眼周围的人,其他人对上他的目光后,纷纷避开了视线。

林茶拉着闵景峰转身的时候,看到了梁丰,此刻梁丰正跟同学有说有笑地朝着这边走来。

下一秒,他的笑就僵在脸上了,紧接着转身就跑。

林茶撒腿去追,闵景峰自然紧跟上去。

闵景峰腿长体力好,不一会儿就追到了梁丰。林茶这段时间也总是在跑,也算是锻炼了身体,很快就追上了他们。

林茶气喘吁吁地逼问:"你这个人到底有没有良心,明明是闵景峰救了你,你居然倒打一耙!你就不怕遭报应吗?"

梁丰跑得气喘吁吁,一听到这话眼睛转了转说道:"你不要胡说八道,我知道你和闵景峰关系好,但是你也不能睁眼说瞎话,明明就是闵景峰勒索我在先,这是全校都知道的事情。"

林茶气得头都要冒黑烟,道:"全校都知道的事情,他们亲眼看到的吗?那天我就在不远处,我亲眼看到是几个人抢了你的钱包,你还跪在地上求他们不要打你……闵景峰当时就不应该救你!"

梁丰想起了当时的事情,气得脸都白了。他当时是条件反射做出了那样屈辱的动作,本来以为钱给了那几个人,这个事情就结束了。没想到闵景峰这个多管闲事的人居然看到他求饶的场景,还近乎炫耀地帮他把钱包抢回来了。

男人的尊严不容践踏,他自然恨闵景峰。

现在他咬死了不说真话:"你这是胡说八道!闵景峰跟你这样说的吗,他是骗你的!"

闵景峰:"……"

林茶气得想打人。

她原本以为能够录点音的,没想到这个人心机这么重,咬死了都不承认。

林茶简直想把对方暴捶一顿。

闵景峰拉住林茶,说道:"我们先回去。"

要是林茶真对这个人做了什么,到时候就更加麻烦了。

林茶气呼呼的,真的是越想越气,她当时为什么没有录个视频。

要是当时录了视频,看谁敢胡说八道!

等等!林茶突然想起了一个事情,千纸鹤……

单纯和善良管理的千纸鹤能够存放记忆和感情。

这是不是代表她能够对人的记忆做点什么?

林茶一下子残血复活了:"闵景峰,你回家等我消息,我去找一下单纯和善良。"

说完这话,她风风火火地跑掉了,留给闵景峰一个背影。

闵景峰看到林茶离去后，才掀开自己的袖子，皮肤上又开始出现了黑色图案。

他眼神暗了一下。他已经消除了他父亲身上的大部分求助信息了，但他手上的黑色图案还在继续增长，按理说这些图案的增长已经和他父亲身上的求助信息无关了。

闵景峰想起了当初光环融合进他身体时，正是网上的网民们在吹捧他的时候。

而现在网上对他骂声一片，他才出现了反噬情况？这由不得他不多想。

只是他并没有告诉林茶这些，林茶本来就已经很着急了，再告诉她的话，她肯定要急翻天。

林茶其实已经急翻天了，她急急忙忙跑回意识世界后，看到单纯和善良正在分类管理千纸鹤。

"单纯,善良,那些小孩子的记忆是怎么被包裹在千纸鹤里面的？"林茶着急地问。

单纯和善良虽然不明白为什么林茶问这个问题，但还是说道："因为他们舍不得忘记这些记忆，无论是痛苦的、美好的，还是迷茫的记忆，他们都舍不得忘记，于是那些夹杂着人的情感的记忆就自动地来到了意识世界。"

"说点我能够听懂的话。"

"人们强烈的情感会带着记忆来到意识世界。"单纯解释道。

林茶想起了之前带出去的千纸鹤，都会变成小狗、小猫、糖葫芦

之类的东西。

林茶问:"然后呢?为什么我把那部分记忆带出意识世界后,它就不是千纸鹤形态,而是某种动物或者物体形态了?"

"因为那是宿主那段时间里最喜欢的东西。"

林茶咬了咬牙,说道:"我现在能不能提取记忆?"她过了十六岁,已经不是儿童了。

单纯和善良有点为难:"只有小孩子才能做到这一点。"

林茶有点沮丧,可是已经来了这里,总不能都没有尝试一下就回去吧?

"我试试看!看看能不能做到!"

单纯和善良见林茶很坚定,于是说道:"茶茶,你躺下来,整个人放松,想着那些记忆……"

林茶依言躺了下来,整个人放松,回想起那个时候的画面……

她想起了更多事情,还有闵景峰之前做过的事情。

林茶眉心飞出了一只金色的千纸鹤,扑腾扑腾地扇着翅膀,在空中飞了一圈后,停在她的脸上。

单纯和善良睁大了眼睛,不敢相信地看着这一切,她们的茶茶到现在还保留着一颗赤子之心。

林茶睁开了眼睛,有点疑惑地摸了摸头:"我刚才好像是要……要复制我自己的记忆……"

她还记得闵景峰被冤枉了,她跑到意识世界来,想要借千纸鹤把自己的记忆复制出来。

可她发现自己已经忘了自己复制的记忆了。

原来，她现在不是复制了记忆，而是剪切了记忆！所以脑海中已经没有这些记忆了。

林茶有点头疼地看着眼前的金色千纸鹤，她还是第一次看到金色的千纸鹤。

林茶伸手去摸千纸鹤，想要像以前那样凭着触摸千纸鹤就能够看到千纸鹤中的记忆，这一次却不灵了。

林茶看着这个扑腾着大翅膀的金色千纸鹤，想到了一个问题。她皱了皱眉头，对单纯和善良说道："我的记忆是剪切出来了，可是我要怎么把这些记忆让所有人都看到？"

单纯和善良："我们也不知道。"

现在也没有其他的办法了，只能走一步算一步了。

林茶看着单纯和善良愁眉苦脸的样子，就知道她们没办法。

林茶决定先出去看一下能不能找到办法，也想看看自己的记忆千纸鹤被带出意识世界的时候会变成什么样的形态。

一出意识世界，林茶原本捏着的金色千纸鹤，一下子就没了，她摊开手看到自己手心里有一枚小小的U盘！

U盘！

刚才单纯和善良说过，记忆千纸鹤离开意识世界以后会变成本人那个阶段最喜欢的东西，其实最喜欢的东西也可以理解成本人最想要的东西，她现在最想要的东西可不就是U盘吗？

林茶高兴得狂奔了起来，从小巷子里出来的时候，她看到了旁边的网吧。

于是,她赶紧进了网吧。

林茶第一次一个人来网吧,她开了一台机子。网吧里的空气很混浊,林茶却没有注意这些,迫不及待地打开了电脑。

她把U盘插了上去,很快就在U盘里找到了视频文件。

然而这些文件名字,让她都看笑了。

原来她潜意识里是这么想的。

"水中救人英勇身姿!"

"看这里看这里,重要内容:让猪八戒露出本来的猪头!"

"英雄救美!帅得炸裂!"

她赶紧改了名字,太羞耻了。

林茶改了文件名以后,看了一下文件里面的视频内容,她已经不记得这些记忆了。

这些视频除了画面有一点糊以外,没有其他的问题。林茶又马上注册了一个账号,然而选名字的时候,她又头疼了。

澄清!

——已被注册。

关于闵景峰。

——已被注册。

林茶。

——已被注册。

我是林茶。

——已被注册。

她看着屏幕上的已被注册,重新打了一行字。

猪八戒请道歉。

这下子注册成功了。

林茶在目前热度挺高的超话"热心市民闵某"中发了视频。

她还给这段视频配上了字:"不了解一个人的时候,请不要用我身边某某某来推断其他人,可能你身边的高中男生是那样,并不代表这个世界就不能出现一个像闵景峰这样的高中男生!"

很快下面就有人评论了。

"不是我不相信视频的真假,只是这个视频会不会来得太凑巧了?毕竟林茶他们都是有钱人,完全可以买通受害者,来演一出戏录下来给大家看。"

林茶这下子已经不生气了,因为已经被气成习惯了。

紧接着,她想起了前面不少人怀疑警察当初通报的真假。她打开了U盘找到了另外一个视频,就是当初闵景峰来救她的视频,她再一次把这个视频上传了。

林茶上传这个视频也是为了证明前一个视频的准确性。

因为她关注过这起案件的后续,这个视频中有两个人已经被判了死刑,她们家就是再有钱、有再大的能力,也不可能做到让死刑犯回来演戏。

果不其然,这个视频一出来,这两条微博一下子就火了。

这才是真正的实锤!

可谓是有视频有真相,而视频还毫无剪辑痕迹。

没过多久,评论区的风向就变成了——

"天啊!好帅!这真的是高中学生吗?"

"看这个角度,摄像头应该就是在林葚的妹妹身上,看视频的时候,感觉他是在救我,多年没动过的少女心终于炸了!"

还有一些评论明显就是水军。

"谁知道这个视频是真是假,毕竟有钱能使鬼推磨!他们完全可以找人来演!"

"呵呵,楼上水军无疑了,第二个视频里面有两个人已经处以死刑了,你还真的得使鬼推磨了。"

"这样说来,人家是真正的出淤泥而不染了,在那样的家庭环境成长,还能做到见义勇为,帮助同学……"

"等等,他也太倒霉了吧,帮助同学被受害者反咬一口,还差点被弄到退学,见义勇为却被人抢去了功劳。如果不是警察出通报,他连姓名都不会有。"

"那个同学太恶心了,人家帮了你,结果你不但不感激,反而还倒打一耙,第一次没成功,还来第二次!简直太令人心寒了。"

"我刚才正在想这个微博的名字为什么叫作猪八戒请道歉,关猪八戒什么事情。现在看到前面说倒打一耙,突然反应过来了,这个同学确实是拿着猪八戒的耙啊。"

"同意博主说的话,我也遇到了很多这样的人,完全不关心别人的真实经历,也不关心真相,反正就把自己身边的事情往别人身上套。而且跟她说还说不清楚。"

"这一次网友真的挺过分的,人家也只是一个高中生,结果大家就凭着一个口说无凭的微博,把人家说得跟世纪恶棍一样。这么好的人被人骂了这么多次。"

"对啊,看视频的时候,就想到了网友们骂人的话,好心疼啊,我一个外人都看得这么心疼,他本人不知道多难过。"

"关注闵家慈善基金的事情,前面不是有大V爆料这个大儿子从小就没有在闵家生活吗?"

"何止啊,据说人家小时候还被亲妈带到亲爸的婚礼现场自杀,被亲妈按在水里好一会儿,好在当时有潮把他冲回来了。"

"这得多大的阴影啊!经历过这么多事,他居然还这么善良!"

"结果还被网友骂上了热搜,这一届网友什么都不行骂人最厉害!"

"这一次也不全是网友的锅,应该是有水军带节奏,你们没发现本来闵家慈善基金的事情在热搜第一,然后突然就替换成了这个大儿子的事了。"

"同意,闵家分明就是想要用这个大儿子转移视线,真够恶心人的。"

"看大家都没有说这个事情,我来问一下,这个微博……是我小姑子的微博吗?@演员林葚。"

林茶看着评论,既开心又心疼。

尤其是看到闵景峰跳水救人的画面时,联想到他小时候的遭遇,林茶更加觉得景峰让人心疼了。

她忍不住把那份视频也上传了。

要心疼大家一起啊!

在各种心疼的留言中,有一个评论被顶成热门了。

"我跟闵景峰同校,这个微博应该真的就是林茶的,有一段时间全校同学都知道林茶对闵景峰很特别,但是没有人知道为什么,看来就是因为这个了。"

林茶开心之余,忍不住发了一条微博:"其实我只是想跟他一起共建和谐社会。"

下面评论区一片"小姑子啊"。

"真的是小姑子!"

林茶:"……"

好在还是有其他网友控场:"不要刷小姑子啊,现在很明显不是刷这个的时候,大家关注事件本身,扩散一下闵家这个事情。"

评论区一下子又回到了正常。

林茶不再看微博了,而是把自己存下来的视频都看了一遍。

这些原本都是她脑海中特别珍贵的记忆,可是林茶现在只能以旁观者的角度看这些记忆了,总觉得有些遗憾。

林茶看着看着,想起了自己和闵景峰认识以来的所有事情,所幸他们以后会有更多的回忆。

等她看完这些视频后,心里突然觉得很空,很想见到闵景峰,于是,她拿起手机准备给闵景峰打电话,这才发现闵景峰给她打了好几个电话。

林茶拨了过去——

"闵景峰,我好想你啊。"

## 第二章
### 隔阂

单纯和善良说过,并不是所有小孩子的记忆都能够变成千纸鹤,能够变成千纸鹤的记忆,必须是带有本人强烈的情感的记忆。

因此,林茶脑海中也缺失了因为这段记忆而形成的感情。

这也是为什么林茶在看完了所有的视频后,心里更加空虚了。

她变得很想闵景峰,想立刻出现在对方面前。

林茶说了"我好想你啊"这句话后,闵景峰被她的语气吓了一跳,急切地说:"你现在在哪里,我来找你!"

"我现在在网吧,马上就回学校……"林茶一边说,一边匆忙地站了起来,微博也不看了,拿着U盘就离开了。

出了网吧,林茶抬腿就跑,她真的特别想见到闵景峰。

风呼啦啦地往后吹,林茶跑得更快了,她跟闵景峰认识的时间还没有半年，却觉得已经认识对方一辈子了一样。

很快，林茶就看到跑过来的闵景峰。

两个人看到对方后，跑得更快了。

"我看到微博了，给你打电话，你一直都没有接，出什么事情了？"闵景峰看着她的眼睛，"你是不是在意识世界里面出了什么事情？"

林茶傻傻地看着闵景峰，不说话，然后扑进他怀里："没出什么事情，就是舍不得你。"

难怪其他人只要拿到千纸鹤里面藏着的记忆，无一例外都会哭。

这些千纸鹤里的记忆都是一些无比珍贵的记忆。

就像此刻，她心里也很不好受，哪怕知道他们以后还会有更多的回忆，他们会一直是好伙伴，一直理解对方，站在对方的背后，共同面对所有的难题。

他们永远都不会孤单。

可林茶心里还是舍不得，那些回忆是她对闵景峰最初的崇拜。

"肯定出什么事情了，如果没有出事，你不会笑得像是要哭出来了一样。"闵景峰按了按她的眉心，"网上的评价，我都不在乎。"

林茶想了想，迫不及待地说："我在乎！要是我被别人这么骂，你在不在乎？"

"不会有人骂你。"在闵景峰心目中，林茶是完美的，没有任何缺点。

两个人并肩走在路上，林茶一直看着闵景峰，她心里的那种荒芜感退去了一小半。

闵景峰太了解林茶了,两个人虽然认识不久,但对彼此的了解却很深。

闵景峰问道:"总觉得你应该是有事情没跟我说,你怎么拿到视频的?通过千纸鹤?对你身体有没有影响?"

林茶觉得这个事情不可能瞒闵景峰太久,便道:"对我身体没有负面的影响,但对我的心理有极大的影响,我脑海中没有视频里的那些记忆了。"

林茶说这话的时候,心里有点恐慌,总想着和闵景峰更加亲密一点。她的眼睛忍不住多看了几次闵景峰的手。

闵景峰听到她说没有那些记忆后,一下子严肃起来,说道:"是不是很难受?"

林茶觉得心里缺了一块一样,当然非常难受了。

她点了点头:"难受。"

"有没有办法把那部分记忆还回去?"

林茶摇摇头,说道:"之前我有尝试过把别人的千纸鹤带出意识世界,当时千纸鹤就变成了小狗,最后消失在千纸鹤主人怀里,然后她得到了这一部分记忆。"

"那就是说这些记忆其实可以还回去。"

"可是我就不行了。"林茶说道。

闵景峰把U盘拿了过来:"会不会是你有什么地方忽略了?其他人都可以,没道理轮到你的时候就不行了。"

"我也不知道,可能是因为我已经长大了,不是小孩子,所以没有办法像——"

本来她是想说她不是小孩子了,所以接收不到这份记忆和感情,然而这话还没说完就想起:她以前把千纸鹤带出意识世界后,千纸鹤都是大人们接收的。

会不会她刚好想反了?她现在之所以能够提取出记忆千纸鹤,却没有办法接收已经变成其他状态的记忆,是因为她现在还不算大人。

林茶看着U盘,突然就没有那么难过了,因为她再过一两年就变成大人了,到时候照样可以接收这些记忆。

林茶想通这一点后就高兴多了,拉过闵景峰的手:"我突然想明白应该是我现在还不是大人,等我再过两年长大后就可以接收这些记忆了。"

林茶回到教室后,发现同学们看她的目光不一样了。

"茶茶,你在微博上好厉害……"

"闵景峰,不好意思,我以前误会你了。"学校传得最广的事情就是闵景峰收保护费和林茶没头没脑要保他的事情。

现在视频证据都出来了,同学们对闵景峰的态度自然就不一样了。

立马有人过来跟林茶说了另外一件事情。

"梁丰今天就回家了,听说他要转学。"

林茶大概能够猜到为什么,无非是梁丰以前观察了闵景峰这么久,知道大家同时排挤一个人是什么样的情况。

他把别人陷入那样的境地以后,自己不敢面对相同的境地,于是选择转学。

林茶虽然特别讨厌他,但不会追着他不放。

这一次她没有在网上曝光梁丰,人们也只能看清视频里的闵景峰,看不出另一个人是谁。

林茶希望梁丰得了教训后,不要再做这种忘恩负义的事情。

视频这种实锤没有办法被水军洗,现在网上的风向一下子就变了。

林茶见大势已定,终于松了一口气。另一边,闵景峰也彻底完成了救助信息的任务。

闵家这一次也是彻底完了,闵景峰看着新闻,什么表情都没有。

晚自习结束后,闵景峰看到了面容憔悴的闵父,他身边带着一个几岁的小男孩。

闵父看着闵景峰:"你……"

闵景峰看了看这个男人,小时候他对父亲还是有过期待的,那个时候他非常希望能够有一个家。

他也是从小孩子一步一步长大的。

现在,闵景峰心如止水,对父亲无欲无求。

"有事吗?"他现在连质问闵父的心情都没有了,因为不在乎,所以也不觉得愤怒。

闵父看着这个儿子,开口说道:"之前的事情,是我们对不起你,当初也是你自己要搬出去住,我一直都是想你回家住。"

闵景峰看了看同父异母的弟弟,见他眼神凶恶地看着自己,他对对方也没有好感。

小男孩七八岁，闵景峰看他的时候，会忍不住想起自己七八岁的时候。

"所以？"闵景峰从这个同父异母的弟弟身上收回了视线。

"我那个时候真的想过好好养着你。"

"所以？"

"你能不能暂时收养你弟弟？我们这段时间可能没有办法照看他。"

闵景峰面无表情："我拒绝。"

"我好歹也是你的父亲，你这样对我会遭天谴的！"

闵景峰原本没有表情的，听到这话瞬间就被气笑了："像你这样遭天谴吗？"

从某种意义上来说，他自己就是天谴。

闵景峰打开了门，走进去，然后把门关上。

他还要复习林茶给他画的那些重点，再过段时间就要期末考试了，他想在学习上有所进步。

闵景峰心想，闵父以前那样折腾他，此刻还敢厚着脸皮让他帮忙养小孩儿，是不是以为他真的把"好欺负"三个字刻在脸上了？还是说网上的言论把这些人洗脑了，都觉得他是个圣父？

他自己还是个高中生，况且那个弟弟看向他时带着恨意。

他可不想给自己和林茶增加麻烦和危险。

本来处理闵家的事情时，他可以用更激进的手段的，但他还是选择了缓和些的手段，可不就是为了减少麻烦，空出更多的时间去处理

死灵和妒灵的事情。

　　真正让闵景峰忌惮的是死灵，他能够看出对方很危险，且野心并不小。妒灵并不聪明，有时候闵景峰就算是不糊弄妒灵，她也能自己找一些理由把事情糊弄过去。

　　就像他这一次处理网上的事情，妒灵认为这是他厉害的地方，坏事干绝了，还要留一个好名声。

　　这次的事情，死灵很明显察觉到他的不对劲，话里话外都是同一个意思——死灵想回他身边。

　　闵景峰自然是拒绝了，对方如果跟他一个学校，就跟林茶更加近了，到时候林茶就不安全了。

　　其实林茶只要在他身边，都不安全，除非他能够拥有以前的力量。

　　闵景峰停下写卷子的手，开始思考这个问题。

　　唯一能够确定的是，他之前应该真的很有实力，不然死灵、妒灵不会对他这么恭敬。

　　甚至明明知道他现在实力不足，都不敢对他出手。

　　闵景峰看着林茶送给他的U盘。

　　林茶说这是她非常珍贵的回忆，她先把U盘放在他这里，以后看能不能把这些记忆放回自己脑子里。

　　闵景峰拿起U盘，不管怎样，他都得继续前进，他要强大起来。

　　另一边，林茶回家时看到她哥正抱着手机，躺在沙发上。

　　"茶茶，你今天很厉害啊。"

林茶坐过去，看到她哥正在刷微博，还关注了她的微博。

林茶拿了一块全麦面包，填填肚子，说道："爸妈没有提这个事情吧？"

"他们看到了，我帮你说话了。"

"谢谢哥！"

林茞指了指视频，说道："这个视频，不是你以前录的，对吧？"

林茶："哥，有些时候要学会看破不说破。"

林茞："我就是突然意识到你这个能力不得了。"

林茞见林茶已经吃完了一片全麦面包，把剩下的都递给了她："你有这么好的能力，如果不利用起来的话，实在是太可惜了。"

林茶："这个能力要怎么利用？"

林茞说道："你们那里有没有存古时候的人的记忆？"他对古人的生活很感兴趣。

林茶愣了一下，她还真没有想过这个事情。

林茞说："要是能够把古人的记忆拿出来，做成纪录片，就非常有意思了。"

林茶"嗯"了一声，此刻她脑海里想到的，不是古时候的人怎么生活，也不是做成纪录片，而是她可以利用这个能力做更多帮助他人的事。

林茶越想越觉得这个想法很有意义，于是飞快地上楼，联系了单纯和善良。

上一次她在山茶市联系不上单纯和善良，回来就给两人配了手机。

林茶很快就接到了单纯、善良的信息。

"能查。"

林茶："那你们从来没有想过帮人一把吗？"

"茶茶，如果我们干涉太多，人类会察觉到我们的存在。"

"而且我们的守则也不许我们做超出职责以外的事情。"

林茶回复："我来想办法。"

她现在从某种意义上来说还算是人类，还不是人类守护者。

林茶突然意识到了一个问题，她以前是人类守护者时，要遵守的条条框框那么多，她要怎么守护人类？

有点费解。

林茶不再纠结这些了，开始搜索一些以往警方没有破获的案子，记下了受害者的名字。

第二天一大早，林茶爬了起来，去了意识世界。

林茶只能查一些受害者是儿童的案子，那些孩子在快要死去或者被害的时候，他们强烈的感情和记忆化成了灰色的千纸鹤，飞到了意识世界。

单纯、善良分类这些千纸鹤分得很好，林茶站在都是灰色千纸鹤的房间里，唤着受害者的名字。

陆陆续续地有千纸鹤飞过来，林茶开始挨个查看那些被掩盖在时间里，无人知晓的罪恶。

然而……

一开始，她就被吓到了。

本来林茶只是受哥哥启发,觉得自己闲着也是闲着,既然有这个能力,不如利用这个能力去做点实事。

她向来行动力强,说干就干,然而真正开始做的时候才意识到她面对的是什么。

这种记忆千纸鹤是由感情幻化而成,想要查看记忆,第一关便是亲身经历里面的感情。

林茶查看的第一个案子是十几年前的一起灭门惨案,这一家五口全部被杀,其中还有一个还在上幼儿园的五岁女孩儿。

恐惧、绝望瞬间袭来。

林茶变成了那个小女孩,妈妈在外面喊她:"豆豆!快来吃饭了,不要看《蓝猫淘气》了!"

她软软地回答:"来喽,我可不可以一边吃饭一边看?"

妈妈端着碗从厨房里出来:"老师怎么说的?吃饭的时候要怎么做?"

旁边的奶奶说:"豆豆快过来。吃了饭再看。"

上了初中的哥哥风风火火地从房间里跑了出来:"今天晚饭吃什么?"

"你们俩兄妹先去洗手。"

接着,林茶被半大的少年不情不愿地牵到了洗漱间洗手,门外突然传来敲门声。

林茶预感到要出事了,想开口说不要去开门,可是她不能左右事情的发展过程,于是只能洗着手,问哥哥:"哥哥,明天不去学校吗?"

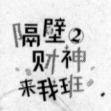

这时，外面传来了惨叫声。

哥哥拉着她出来看怎么回事，便看到父母倒在了血泊中。

紧接着……坏人冲过来了……

她……看到了那些拿着刀的人，他们身边站着一个红眼男人，还有……闵景峰。

那是长大了以后的闵景峰，他周身笼罩着黑色的气息，眼神冰冷地望着地上的尸体。

他的姿态就像上一次红眼男人站在年轻女人身边的姿态，他就这样站在那群人身边，冷漠地看着这一切的发生。

林茶能够听到红眼男人在说："主子，需要帮他们处理一下痕迹吗？"

"闵景峰"嗯了一声，冷冷地说："处理一下。"

那些拿着刀的坏人听不到这两个人说话，他们已经杀红了眼，快速来到已经被吓傻的兄妹俩面前。

林茶被刀插进身体的时候很痛很痛，她望向闵景峰的方向，傻傻地看着他。

小女孩本身的恐惧、痛苦还有震惊的情绪让林茶瑟瑟发抖。

直到林茶出了千纸鹤幻境，写下来这件案子的信息时，手都还在抖。

穿越了时间和空间后，她知道了这起案子的真相，这个原本可能要被一直埋在过去，无人知晓的真相。

林茶把重要的凶手信息记录了下来，然后匿名发给警方。

下午，闵景峰发现林茶不太对劲。物理老师提问林茶时，林茶一副神情恍惚的样子。

闵景峰一下课就来到林茶身边，问道："你怎么了？状态不太好。"

林茶看着闵景峰，他还没有她从小女孩记忆里看到的那样冷酷无情，财神光环在他身上发着淡淡的柔光，整个人看起来圣洁美好。

哪怕所有人都告诉她，闵景峰不是好人，她依旧坚持自己的想法。

哪怕知道闵景峰可能抢了自己的光环，哪怕知道闵景峰可能是所谓的黑暗之主，她依旧坚定不移地相信他。

可是……那些都是建立在一个前提下的——

如果她信错了闵景峰，付出代价的人就会是她。

如果闵景峰真的抢了她的财神光环，那么她也有权利去原谅，因为这是她自己的事情。

可是，如果闵景峰曾经伤害过其他无辜的人呢？

林茶强行让自己冷静下来，并没有把自己在记忆千纸鹤里面看到的事情告诉闵景峰。

林茶只是摇了摇头："没事，我就是……需要缓缓。"

闵景峰皱了皱眉头，他发现自己接触林茶的时候，林茶手抖了一下，仿佛在害怕什么。

林茶自己都没发现自己抖了一下，纯粹是昨天的记忆和感情对她造成了潜意识里的影响。

中午下课的时候两个人一起去吃饭，出来看到了外面台阶上坐着一个小男孩。

闵景峰他们经过台阶的时候，听到这小孩儿叫了一声哥，然后别别扭扭地走了过来。

林茶听到小男孩的称呼，想起闵景峰的确有一个同父异母的弟弟。

这个弟弟背着一个大书包，长得跟闵景峰一点都不像，脸上有着掩饰不住的不乐意的神情。

闵景峰："……"闵父这脸皮到底是有多厚，才能在那样对待他以后还能把自己的另一个儿子扔给他照顾。

"哥，爸说他可能要去坐牢了，那些在他身上投了钱的资本家不会放过我，要我先在你这里住一段时间。"

林茶看看这个小孩儿。闵景峰只是一个学生，他要怎么去养一个小孩子？

闵景峰看了看小男孩，到底没有昨天那么硬气。

林茶本来今天心情就很不好，现在这小孩儿还来撞枪口，她开口就说："你爸去坐牢了，还有你妈，你想你妈陪你爸一起坐牢吗？"

小男孩愣了一下。

林茶凑近，小声说："你爸走的时候有没有跟你说，不要惹姓林的？"

小男孩既然是被闵父送到闵景峰这里来避避风头的，自然被警告过不要惹林茶。

林茶接着说："你再来一次，我就能够保证你们家就只剩下你哥不坐牢。"

小男孩被吓得不轻，林茶拉着闵景峰就走。

走出一段距离后，林茶絮絮叨叨地说："你也太好欺负了，要是我不在的话，你还真让他住你家不成？

"他要是住你家，你怎么读书？他学费、生活费怎么办？万一他出了点事情，别人肯定要说是你干的。"

林茶说着说着，又觉得这个被人欺负到头上都不知道反抗的人实在是不像那个能够看着孩童被杀而无动于衷的黑暗之主。

闵景峰看着她帮自己，又处处为自己着想，小声解释："我没有让他们欺负到头上，其实我昨天就已经遇到了他们，我拒绝了的。"

林茶"嗯"了一声，说道："这还差不多。对于不合理的要求，一定要拒绝。"

两个人走到食堂，打了快餐后，找了个空位置坐下。

这是林茶饭吃得最不香的一次，什么都不好吃了。

她吃完以后，看看闵景峰，闵景峰也在看她。

闵景峰已经感觉到了林茶今天的不对劲。

"你今天怎么了？昨天回家的时候是不是出了什么事情？"

"没有，对了，那个死灵现在在做什么？"林茶问。

"他现在还在山茶市。"他虽然是死灵的主人，但实际上死灵知道他现在压根儿没有能力，所以对于他的命令，死灵一直都是阳奉阴违，他压根儿没办法控制死灵。

林茶咬了咬牙，问道："他现在还在做夺取人生命的事情吗？"

闵景峰筷子顿了一下，"嗯"了一声。

林茶咬了咬牙，说道："那，你有他的地址吗？"

闵景峰看着林茶，林茶也看着闵景峰，她眼里有坚持。

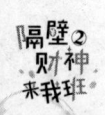

闵景峰说:"你现在不是他的对手。"

林茶没有继续说下去,吃了一口西红柿,然后"嗯"了一声。

闵景峰明显感觉到就在一瞬间,两个人的距离好像远了。

他们明明隔得这么近,他伸手就能摸到林茶的脸,却觉得两个人之间仿佛有了一条鸿沟。

闵景峰本想说自己在有意识地控制死灵,可是他没法说出口,他能力远远没有到可以控制死灵的程度。

林茶吃了饭后就回了教室睡午觉,没想到刚到教室就看到了单纯和善良。

单纯和善良有点怕闵景峰,怯怯地拉着林茶去了另一边。

"茶茶,有两个消息,一个好消息,一个坏消息,你先听哪一个?"

"好的。"林茶说。

单纯说道:"之前丢失了的红色千纸鹤,我们找到一个了。"

善良继续说道:"坏消息是,我们现在已经查到的红色千纸鹤在死灵手上。"

林茶:"……"这还真的算是一个坏消息。

不过有寻找的方向总比没有要好。

林茶以前不太信任单纯和善良,她对她们了解得太少了,还是会担心自己被利用,因此她问单纯和善良的事情比较少。

现在,林茶问:"你们对死灵了解有多少?"

单纯说道:"他是变节了的人类守护者,靠着诱惑人类放弃生命或者残杀生命献祭给黑暗之主汲取黑暗的力量。"

林茶想起了她从记忆中看到的灭门惨案，原来是这样。

可是闵景峰真的不像能够给人力量的邪恶分子，他要真的这么做了，哪里会那么倒霉？

单纯继续说道："现在闵景峰还没有完全觉醒，所以无法运用那些力量。"

林茶咬了咬牙："我以前有没有跟黑暗之主或者死灵正面对上过？"

"人类守护者不得干预人类的选择，所以茶茶你以前没有跟他们正面对上。"单纯说道。

林茶之前就已经了解了事情的前因后果，那也是她为什么会变成现在这个样子的原因。

单纯和善良给出的解释是她借着财神光环的力量，和黑暗之主同归于尽了。

林茶想起了记忆中的画面，她那个时候有光环有能力，却总是被要求不得干涉人类的举动。

林茶虽然没有了过去的记忆，但是她明白可能就是因为这个原因，曾经的她才放弃了守护者身份。

她宁可做个什么能力都没有却能够尽自己的最大努力去改变一些事情的人类，也不要做只能眼睁睁地看着的人类守护者。

那个时候的她看待问题肯定更加深刻，她这样选择，就说明这是对她来说最好的选择，她肯定也想到了后面会有的一切问题，她却还是这样选择了，这就说明那个时候的自己还是相信自己的。

林茶深呼吸，说道："你们想办法找到死灵的位置，我会把红色千纸鹤带回来。"

她其实也不清楚红色千纸鹤到底有什么用，可是既然红色千纸鹤重要，那她一定会拿回来的。

单纯和善良离开以后，林茶在阳台上站了一会儿，并没有马上回教室。

她的选择现在已经不仅仅影响她自己了，可能还会有其他人。

林茶忘不了刀子插进身体时，那个和闵景峰长得一模一样的人看过来的冷漠目光，仿佛在看蝼蚁一般。

林茶摸了摸自己的脑袋，她现在如此迷茫和疑惑，是因为她脑海里被取走了一部分有关于闵景峰的记忆和感情吗？

她不知道。

闵景峰现在还不是黑暗之主，这一点她非常肯定，那以后呢？

她不知道。

她此刻唯一能够肯定的事情就是只要闵景峰还是闵景峰，她就无法伤害他。

林茶叹了一口气，她心里好空，好想拿回那一份记忆。

她知道那一份记忆的内容，知道那一份记忆里面有她的感情，可是知道归知道，和拥有记忆的感觉是不一样的。

林茶回了教室，看到闵景峰正在认真地写作业。

她原本想走过去，可犹豫了一下后，还是在自己的位置上坐了下来。

她刚坐下，闵景峰就走过来坐在了她身边。

"她们跟你说什么了？你看上去不太对劲。"

林茶"嗯"了一声，说道："不算是大事，只是我们最近在找一些丢失的千纸鹤。"

她本来想说她知道千纸鹤在死灵身上，她想要去找死灵，可是她知道她说了，闵景峰一定会阻止她去找死灵。

林茶深呼吸，努力让自己先冷静下来，不然自己一时之间接受不了太多的信息。

她千辛万苦让自己摆脱了人类守护者的身份，她不知道自己是否如愿完成了当初的计划，她只能向前走。

唯有这样，她才能知道自己应该怎么做。

现在林茶是铁了心要追踪到死灵，他们已经正面较量过一次，很明显那一次死灵杀不了她。

好歹她以前是个活了很长时间的人类守护者，想来原来的她应该会留后手，不会让现在的自己处于太被动的状态。

这样的猜想更加坚定了林茶要跟死灵正面对抗的决定！

不过，下一刻林茶突然想起，作为学生的她眼前有一个更大的难题，那就是期末考要来了。

期末考试前，闵景峰给了林茶一个大大的拥抱，以确定她不会因为运气问题而影响成绩。

林茶对于期末考还是很期待的，因为只有考试完了她才能够把全部的精力放在去找红色千纸鹤，并且对抗死灵这件事上。

只是,期末考试结束了,她还得面对另外一个问题。

她得跟闵景峰分开一个月。

林茶心里当然还是舍不得的,毕竟两人都一起行动了几个月了。

等到最后一门理综考试结束后,林茶在外面等闵景峰。

闵景峰出来的时候,问道:"你是不是饿了?晚饭想吃什么?"

林茶说:"都可以,你想吃什么我们就吃什么。"

他们平时都是在学校见面的,放假的话两个人就没怎么见面了,相处时间就跟其他在学校的同学差不多。

这是两个人认识这么久以来,第一次分开这么久的时间。

闵景峰不清楚林茶到时候会不会跟自己见面。

吃饭的时候,谁也没有提这个事情。

吃完饭,就跟以前一样,两人各自分开。

林茶走着走着,想到明天就见不到闵景峰了,两人还要隔很长一段时间才能见到,她就开始不舍起来。

她其实是非常喜欢跟闵景峰相处的,两个人待在一起时她很开心,就算什么都不说都会觉得很开心。

可是,在大是大非面前,她不能冲动行事,不能拿别人的生命开玩笑,至少也得搞清楚一部分真相后再做打算。

林茶并没有回家,而是给爸妈发了短信:"我今天有事情要忙,所以暂时不回家,会一直给你们报平安。"

她爸很快就回了信息:"我一直以为等到我收到你这样的短信的时候,你已经长大工作了。"

"我现在也算是长大了。"

林爸爸："以前总觉得以后你无论选择什么样的职业，我都能帮上忙，不会让你过得辛苦，现在才发现原来也有我们力所不能及的事情。我们不知道你那边的情况，但我们知道你在勇敢承担责任，宝宝一定要注意安全。"

林茶看着，心里一暖："好的，我一定会注意安全。"

林茶调了几个闹钟提醒自己，隔段时间就给家里发短信报平安。

今天是她第一次来意识世界加班，那边的单纯和善良在通过小孩子们传回来的记忆查找死灵的位置。

这是一个非常大的工程量，她们查找了好久才有了一点线索。

林茶看了看现在被死灵盯上的人，找到了这个被死灵盯上的人的各种千纸鹤，弄清楚了他的情况。

他叫陈平。

林茶看完他小时候的经历，确定了这是个很坏的人。

他缺乏同理心——小时候曾经因为好奇，把邻居家的猫关在抽屉里，就为了研究猫不喝水不吃东西能活几天。

林茶看到那饿得眼睛出问题、一直小声喵喵喵求助的猫很心疼。

邻居家老奶奶还在到处找猫，浑然不知就在一墙之隔的距离，自己养了近十年的猫被这般折磨。

现在，死灵就是利用这个人毫无同理心、怨恨社会的性格特征，诱使他去制造违法犯罪的案子。

林茶再一次来到山茶市。

所谓一回生，二回熟，林茶刚从意识世界出来就看到了那只胖胖的老猫。

林茶愣住了，没想到陈平的记忆千纸鹤会变成这只老猫。

这是一只三花短毛猫，胖乎乎的，因为是短毛，所以它的胖也是实胖。

林茶心疼它的遭遇，忍不住摸了摸它的头。

很快，老猫跑开了，林茶赶紧跟了上去。

最后老猫停在了一扇门前面。

林茶正在犹豫要不要直接敲门时，后面来人了。

"你是住这里吗？"

林茶回过头看到问自己话的人，是一个穿着灰裙的年轻姑娘。

林茶愣了，不知道怎么回答。年轻姑娘又道："我是来收房租的，你要是住在这里，麻烦把欠的房租补上好吗？"

林茶摇了摇头："我不住这里，我是来找人的。"

灰裙姑娘"哦"了一声，然后就过去敲门。

林茶就在旁边站着。

门开了，出现在她们面前的正是长大了以后的陈平。

林茶第一眼看到的不是陈平，而是站在陈平身边的红眼男人死灵。

死灵看到林茶，也觉得意外，开口说："又见面了。"

这时，灰裙姑娘对陈平说道："我爸让我过来收房租，你欠了两个月房租了，再加上后面一季度的，你一共要给3200元。"

陈平皱了皱眉头，说道："我现在没有钱给你。"

灰裙姑娘想了想，开口说："不行，我爸说了，我一定要收到房租，要不到的话就不能回去。"

陈平一下子火了，心里充满了暴躁的情绪，恨不得把这姑娘的脖子拧断。

红眼男人在旁边怂恿道："让她先进去，既然她要不到就不能回去，那今天就不要回去了。旁边这个女孩也要请进来，因为她已经看到你了。"

林茶虽然知道死灵能够煽动陈平，主要原因是陈平心里本身就有了不轨的想法，但她还是想打爆死灵的狗头！

很明显，死灵发现自己是杀不了林茶的，想要借人类的手灭了她。

不过，这也正中林茶下怀。

"好吧，你们两个人跟我进去拿钱。"

灰裙姑娘看了看林茶，正想说她们两个人不是一起的。还没等她说出口，林茶的手机突然响了起来。

是林茶调的闹钟。

林茶却很自然地接了起来，说道："爸，我一会儿就回来。"

然后，她就跟在了灰裙姑娘的身后，跟死灵肩并肩地往里面走。

死灵看了林茶一眼，红眼睛显得特别诡异，说道："你胆子真是越来越大了。"

林茶没搭理他，她不屑搭理这个人。

上一次在记忆里看到过这个人的恶行后，她就希望这个人能够快

点得到应有的惩罚。

但她知道这个事情急不得,得一步一步地来。

陈平进去以后,径直进了卧室。

林茶趁机让老猫进来。

老猫进来以后,以迅雷不及掩耳之势扑到了陈平怀里。

原本准备直接杀了灰裙姑娘的陈平,顿了一下,去倒水。

死灵看到这一幕暗道不好,赶紧走到陈平身边,说道:"不要磨磨蹭蹭,快点解决,以免后患!"

已经被唤起了童年回忆的陈平压根儿没有被死灵的话影响,他看了看衣柜。

林茶看了看灰裙姑娘,心道她不会有事的。

下一刻,陈平拿了钱出来。

灰裙姑娘接钱的时候,被陈平手上的针扎了一下,然后晕倒了。

见状,林茶假意求饶:"别杀我……"

她恐惧害怕的样子成功取悦了陈平,陈平说道:"我不杀你可以,你自己进柜子里。"

旁边的死灵已经恨不得把陈平的脑袋撬开了,急得跳脚:"蠢!蠢!"

一看到林茶看过来的目光,死灵稍微冷静了一点,说道:"别以为你能够唤醒他的良知。"

林茶乖乖地走进衣柜里,接着陈平把灰裙姑娘也塞了进来,然后把衣柜锁了起来。

林茶赶紧检查了下灰裙姑娘，确定对方只是晕过去了。

外面，死灵还在给陈平洗脑，林茶想起刚才死灵对她说的话。

她突然想起死灵以前是人类守护者，他一定熟知人类守护者的规则。

林茶看了看灰裙姑娘。她的手机刚才被陈平拿走了，一会儿还得偷偷回来拿手机。

下一刻，林茶瞬移回到意识空间里，从衣柜里消失了。

林茶出来后，就借别人的手机打了电话报警。

随后，林茶又回到了衣柜里。

她本来是可以不回来的，但是她怕在等警察的这段时间里，灰裙姑娘出什么意外。

好在并没有出现什么意外。

警察破门而入的时候，林茶再一次离开了衣柜，趁着大家都在救人时，她偷偷地拿走了自己的手机。

林茶没有搞些花里胡哨的东西，也没有什么大计划，她就一个想法，死灵不是狂吗？不是有大计划吗？那她就每次都来捣乱，看他怎么计划。

林茶一开始就没想过感化对方，她前身是人类守护者，但她现在已经不是人类守护者了，就是个有外挂的人。

在林茶的认知里，"人类守护者"这五个字可不是守护这种反社会人格的人，而应该要守护人类免受这种反社会人格的人的侵害。

一旁,死灵咬牙切齿地看着林茶,恶狠狠地说:"你作为人类守护者,居然这样对人类,你违背了守护者条约的第二条!"

林茶露出了一个大大的笑容,一个字一个字地说:"那你去告我呀!欢迎举报。"

林茶说完,昂首挺胸地走了,突然又退了回来,狠狠一脚踩在了死灵的鞋子上,随后扬长而去。

死灵咬牙切齿,他倒是想告发林茶,可是他现在是黑暗这一方阵营,他要怎么告敌对阵营的人类守护者?

看着死灵憋屈,林茶心里舒坦了很多,但她也意识到一个问题,她一直把自己当成十六岁的中学生,可是死灵和妒灵没有把她当成一个未成年人,而是真的把她当成对手。

也就是说,敌人都这么看得起她了,她何必害怕担心。

要相信敌人的眼光,相信她以前的计划。

林茶慢悠悠地赶回了自己的家,已经是晚上十一点了。

家里还亮着灯,原本以为是阿姨在做什么,或者哥哥在打游戏。结果,她进去的时候就看到爸爸妈妈、哥哥都坐在沙发上。

"你们在等我回来吗?"林茶心里有点感动。

"毕竟今天是你第一天上班。"林妈妈走了过来,把林茶手里的奶茶接了过来,"晚上不要喝这个,你现在处于成长期,吃多了这些,长胖了就瘦不下来了,我去给你做碗面条。"说着就去了厨房。炒菜做饭林妈妈都不会,但下面她会。

林爸爸说:"第一天上班怎么样?"

以前他其实想过林茶长大了以后可以接管公司,反正她也没什么特殊的爱好,结果没想到林茶还没成年,就给自己找了一份工作,还是他们帮不上忙的工作。

林茶说:"感觉还不错。我原本还一直担心我会做不好,现在发现我做得还可以。"

林爸爸见她语气轻松,心里松了一口气:"你当然可以。"

林茶坐在沙发上,跟家人交流了一下第一天上班的感受。

除了奇葩的对手有点难应付,其他的她都应付过来了,林茶到底还是没说自己是怎么工作的。

吃了面后,林茶在父母的注视下上了楼,拿出手机,才发现闵景峰给自己发过一条短信。

"睡了吗?明天咱们什么时候见面?"

林茶这才反应过来,以前她天天蹭闵景峰的光环,导致她差点忘了自己现在还是百般倒霉的体质,必须每天都蹭蹭财神光环。

短信是闵景峰在九点多发的,林茶觉得闵景峰现在肯定已经睡了,但还是给他回了一条信息。

"明天早上你有空吗?咱们一起吃早饭啊。"

发完短信后,她就去洗漱了。洗漱完回来,她发现手机上并没有新的信息,猜想闵景峰肯定已经睡了。

实际上闵景峰此刻还没睡,他正在翻看死灵递过来的检举报告。

死灵今天是真的气极了,他们和人类守护者作对这么久,还从来没有这么憋屈过。

尤其是一想到林茶嚣张地让他去举报，他就恨得牙痒痒。

他不能跟敌对势力的头子举报，还不能跟黑暗之主举报吗？

闵景峰拿到死灵精心准备的告状材料时，才知道林茶去做什么了，也知道死灵来举报也是存了试探他的心思。

闵景峰回了两个字"避让"。

闵景峰当然知道林茶是什么心情，但是他必须冷静，不能像林茶那样横冲直撞地做事情。

只是，闵景峰皱了皱眉头，以前林茶无论做什么事情，都不会瞒着他，这一次这么大的事情她都没有跟他说……

是因为他没有阻止死灵吗？所以给她留下了不好的印象？

闵景峰也不知道是不是这样，他只能看着以前的黑暗之主留下来的东西。

他以前不想接受这些事，尤其是他知道了黑暗之主的力量来源后，他心里更为不齿。他偷偷去了解过黑暗之主，正是因了解过，所以才会担心林茶。

等闵景峰处理了这些事情后，就看到了林茶回过来的信息。

闵景峰回道："我们可以一起吃早饭。还有一个事情，死灵找我告状了。"

尽管林茶不想告诉他这个事情，但他还是要把自己这边的情况告诉林茶，因为他担心自己某天会伤害林茶。

林茶知道得越多，越不容易被打得措手不及。

林茶本来都快睡着了,结果被手机振动声吵醒,然后就看到了这条信息。

她心里像是突然被刀割了一下一样,很痛。

闵景峰还是那个闵景峰。

她却不一样了,她需要考虑更多的事情。

林茶犹豫了一下,回了三个字:

"对不起。"

过了一会儿,林茶翻来覆去都没有办法入睡,又发了一条信息。

"对不起,我没有把这个事情告诉你。"

很快,闵景峰的信息就过来了:"没事,我并没有介意。"

是啊,他什么都不介意,什么都看得开,也正是因为这个原因,他更加惹人心疼。

"闵景峰,我真的永远都不会害你,如果这些事只是牵扯到我一个人的话,我什么都听你的。"

可是她背后还有单纯和善良,还有其他的人。

她有自己的责任,没有办法听从自己的内心,因为这份风险不是她一个人在承担。

"我懂。"

林茶收到这两个字后,就好像看到闵景峰像平常那样摸了摸自己的头,温声细语地跟她说:"没事,我都懂。"

林茶躺在床上,心里很想闵景峰,想见他,想跟他说说话聊聊天。

现在算是一切都向着最好的方向发展,家里人支持她的工作,闵景峰也能够理解她。更重要的是，她找到了一个可以对付死灵的很好的办法。

这一次处理案件的还是上一次的警察，犯罪嫌疑人陈平对自己的罪行供认不讳，还说了当时被关进去的女孩有两个，可是他们解救的时候只看到一个女孩，被解救的女孩也能做证，当时还有一个女孩跟她一起进的屋。

这就非常古怪，有警察同事想起了相似的案件，当时犯罪嫌疑人也是明确表示载了两个高中生，但是他们一直到最后都没有找到那两个高中生。

后来有警察找来了专业的侧写师，分别对这两个案子中消失的女生进行侧写，果不其然，两次不见了的人是同一个人。

林茶就这样被山茶市的警察找到了。

可是，警察都没见到林茶，而是跟林家的律师谈。

林茶也不知道自己差点被发现。

她如今还在尽力跟踪死灵，她现在就是盯上这个人了，上一次踩对方一脚，不是为了泄愤，更多的是为了随时随地能够找到这个人。

死灵看上了谁，她就第一时间赶到现场。

## 第三章
红色千纸鹤的主人

如今处于寒假期间,林茶有时间有精力缠着死灵。

这边,林茶紧赶慢赶,终于赶到了死灵面前。

"好巧,你也来这里。"

每次见面,林茶对死灵的态度都好不起来,死灵也都摆出一张臭脸。

但这一次死灵没有黑脸,反而露出了一个笑容:"是挺巧的。"

林茶:"……"敌不动我动,敌动了我就不动。

下一刻,她听到有人过来了,而此人就是死灵的目标。

迎面走来一个拄着拐杖的老太太,她胸前挂着一个牌子。

林茶就看了老人一眼,心里就酸涩得想哭。

老人胸前的牌子上印着一个年轻大男孩的照片,是一则寻人启事。

照片里的男孩眉清目秀,笑得还有几分羞涩,下面还有一行字:

"2000年9月16日,孙儿甫坤失踪……"

原来这是十八年前的事情,林茶记下了甫坤这个名字,她要回去查查,看看能不能查出来点什么。

老太太走在马路上。

既然知道了死灵的目标是这个老人,林茶照例在意识世界看对方的童年经历。

老太太出生在20世纪50年代。那是一个吃不饱饭的年代,林茶从千纸鹤幻象中看到以前的自己曾经照顾过她,但是能帮助她的也很少,比如说只能偷偷地在她的菜里加点油渣……

死灵已经走过去了,林茶现在也顾不得那么多,赶紧走过去。以前的她跟陌生人搭话还不熟练,但现在已经熟练起来了。

林茶走了过去,问道:"婆婆,西街怎么走啊?"

好在老太太的耳朵还好使,说道:"从这里直走过去,然后右转。"

林茶点了点头,仿佛在记怎么走,然后又看了看老太太寻人启事的牌子,说道:"我把这个拍张照片,传到网上看看。网上人比较多,可能有人见过您孙子。"

老太太点了点头,连声说谢谢。

林茶真的拍了照,传到自己的微博上——

"遇到了一个寻找孙子的婆婆,如果有人有线索,可以联系我。[图片]"

林茶发了微博以后,心思还是在老太太这里。隔了一会儿,她惊讶地发现死灵今天居然只是安静地在旁边跟着老太太走,一句话都没说。

林茶有点奇怪，平时死灵跟她讲话时都是小喇叭属性，今天怎么不说话了？

林茶本身是扶着老太太的，结果走着走着，老太太突然像是失去重心一样向前栽去。

好在林茶原本就留了一大部分注意力在老太太身上，对方一向前栽，林茶赶紧抱住了她。

老太太又瘦又矮，林茶一抱就抱住了。

旁边也有人发现了不对劲，赶紧过来帮忙。

林茶抬头看向死灵，他依旧安静地看着。

林茶做口型：你做的？

死灵出乎意料地摇了摇头，说道："她走到生命尽头了。"

死灵虽然不是什么好东西，但他也不会丧心病狂到对一个如此可怜的老人出手。林茶姑且相信了他。

好在救护车来得快，很快他们就到了医院。

闵景峰一直在寻找足以与死灵他们抗衡的方法，他从来没觉得死灵是个好惹的主，总是担心林茶会吃亏，所以好几次都偷偷地跟着林茶。他现在已经能够灵活运用光环的能力了，所以可以给林茶加持幸运，给死灵加持倒霉。

闵景峰发现事情不对劲，赶紧运用光环给老太太加持了幸运度。

老太太在手术室抢救的时候，林茶寸步不离地守在手术室外，保

证死灵不会进去。

死灵白了她一眼:"她都这个年纪了,活着也是受累。你何必……"

林茶不跟他说话,反正就只是在门口守着。

过了一段时间,老太太被推出来,送进病房。医生也走出来,看到林茶,说道:"你是病人的家属吗?"

林茶原本想摇头,但想了想后又点了点头:"她还好吗?"从某种意义上来说,她也算是家属,毕竟她曾经陪了这个人十几年。

"病人情况很不乐观,肺部出了很大的问题……"

旁边的死灵说话了:"这就是人的生命。"

林茶没理他,走进病房,来到老太太身边。老太太已经醒过来了。

林茶坐在病床边,小声问:"婆婆,你饿不饿?"

老太太摇了摇头,慢慢地从身上掏出存折本,递给林茶:"这里面的钱够不够医药费?"

这时,闵景峰已经在病房外跟死灵说完话,也走了进来。

他一走进来,老太太惊讶得存折都掉在地上了。

她睁大了眼睛,仿佛一下子全身都有了力气,抓住闵景峰的手:"是你!是你!甫坤呢?"

闵景峰被老人吓了一跳,但还是小声说道:"婆婆,你是不是认错人了?"

老太太的语气变得尖锐起来:"就是你!当初甫坤就是跟你一起出门的,然后就再也没有回来过!"

林茶愣住了。

闵景峰同样也愣住了。

老太太又突然安静了下来,看着闵景峰,有点疑惑地说:"你为什么变年轻了……"

她这句话让林茶想起了曾经在千纸鹤幻象中看到的那个长大后的闵景峰,林茶瞬间就明白了,是什么情况。

闵景峰也不傻,立马就明白了。

这时,护士过来给老太太输液,见老太太情绪不稳定,对两个人说道:"你们先出去等。"

两个人神情都有点恍惚,走了出来,死灵已经没有在外面了。

死灵的目的压根儿不是老太太……他不像妒灵那么好糊弄,他早就知林茶和闵景峰关系不错,这个举动只是要离间闵景峰和林茶两人。

林茶出来以后,没有找到死灵。她想了想,对闵景峰说道:"我回去找找她孙子的记忆,看看能不能找到一点线索。"

闵景峰"嗯"了一声:"我会守在这里,保证她的安全。"

林茶见他语气有点低落,整个人看上去受了不小的打击,忍不住摸摸他的头:"你是你,黑暗之主是黑暗之主。你们是两个人,我分得清。"

林茶的话并没有安慰到闵景峰,他只是"嗯"了一声。

林茶也顾不得那么多了,她现在还有更要紧的事情去做。

出了医院,林茶瞬移到意识世界,单纯和善良被她吓了一跳。

"找甫坤的千纸鹤。"林茶说道。

单纯和善良很快找到了甫坤的千纸鹤。

林茶看着花花绿绿的千纸鹤,她没有那么多时间了。

她尝试着一下子感受所有的千纸鹤。

一瞬间,她脑子里传来了尖锐的疼痛,千纸鹤里面的记忆朝她袭来。

甫坤是老太太离家出走的小儿子留下的孩子,甫坤整个童年记忆里的亲人就是他的堂哥,还有奶奶。

甫坤的堂哥甫川一直都护着甫坤,林茶看着甫川,觉得非常眼熟。

记忆只到十四岁,甫坤出事时是十八岁,这些千纸鹤中并没有什么重要的信息。

林茶本能地觉得甫川可能有问题,于是让单纯和善良去查甫川的千纸鹤。

单纯和善良查着查着,愣住了:

"他居然有十八岁的记忆千纸鹤!"

"十九岁也有,二十岁……也有!"

"第二个红色千纸鹤的主人就是他!"

林茶听到这话,赶紧问:"有没有他二十二岁时的记忆千纸鹤?"甫川二十二岁那年,就是甫坤十八岁出事的那年。

"红色千纸鹤就是那年的,已经丢失了……"

林茶听到这话后,只能自己去查看甫川其他的千纸鹤记忆。

然而她刚进去,就被千纸鹤里面强烈的、温暖的情感包裹了……

奇怪的是，记忆里的情感让林茶非常触动，但内容只是一些稀疏平常的日常生活。

说是日常生活也太客气了，实际上都是一些甫川辛苦带小孩子的事情。甫川比甫坤大近四岁，从小就得带堂弟，自己的父母偏心失去了父母的堂弟，奶奶也是偏心堂弟，但他似乎统统不在乎，每天都很开心。

直到十八岁，他的这种对生活的热情才退下去，因为他暗恋了一个人。

林茶感受到了甫川心里又甜又涩的情绪，但她没看到甫川的暗恋对象。

甫川简直就像是云恋爱一样，总是一个人感受着喜怒哀乐，感受着甜涩。

林茶跳过了这段，看到了后面的重点，黑暗之主出现了。

黑暗之主是来找甫坤的，他对甫坤说了什么，林茶没有听到，紧接着黑暗之主带着甫坤离开，甫川跟了过去……

后面没有了。

林茶咬了咬牙，到了最重要的内容，偏偏就没有了。

林茶一边往医院赶，一边打开微博。

林茶看到自己微博的评论已经过四万，转发破八万，她有些惊讶，然后随便打开一个评论，就明白为什么了。

她哥转发了。

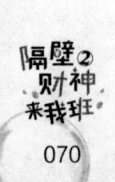

热度最高的评论是——

"这个婆婆我知道,上过好几次新闻了。婆婆的两个孙子都失踪了,这一家人真的很惨。[新闻链接]"

"婆婆的两个孙子都失踪了",也就是说甫坤和甫川当时都没有回来。

不知道是不是查看记忆千纸鹤时留下了后遗症,林茶一想到甫川,胸口的位置就有点痛。

黑暗之主为什么带他们走——林茶心里想不明白这个事情。

明明黑暗之主、死灵、妒灵他们都不喜欢直接动手。

可是,黑暗之主对待甫川和甫坤,为什么要破例?

林茶赶到医院,发现自己来迟了。

老太太……去世了。

林茶受不了这样的场景,跑走了。

闵景峰找到林茶时,她眼圈红红的,安静地坐在医院楼下的椅子上。

见到面色苍白的闵景峰,她突然之间不知道该说什么了。

她刚才看过甫川和甫坤的记忆,知道了黑暗之主才是害得老太太这十几年都过得痛苦的凶手。

尽管她知道闵景峰是闵景峰,黑暗之主是黑暗之主,可是在老太太离去的此刻,她说不出一句话。

她知道他也难过,她真的知道。

林茶鼻子一酸,眼泪掉了下来。

旁边的人递了一张纸过来:"对不起。"

林茶觉得更加难过了,她看着闵景峰。她曾经发过誓,会一直跟闵景峰站在同一条阵线上。

那个时候在她心目中,最正义的人就是闵景峰,她从来没有想过闵景峰身上还背负着那么多的……罪恶。

林茶擦了擦眼泪,看向闵景峰。

"你……不要想太多,以后我们一起努力。"

闵景峰看着林茶安慰自己的样子,心跟刀割一样。他不怪林茶,他只是恨他自己,为什么要是一个本性恶的黑暗之主。

林茶被闵景峰的模样吓到了,说道:"闵景峰……你怎么了?"

财神光环从他的体内出来了,再一次回到了他的头顶,并且变成了黑色。

林茶拉住他的手:"你的情况很不对劲,财神光环怎么会回到了以前的状态?"

闵景峰把自己的手抽出来,说道:"没事,我回去自己研究。"

林茶听到这话,眼睛一下子就红了,说道:"你别这样……"

"我只是觉得我们是在走不同的路。"闵景峰整个人都变得阴沉沉的,再一次说道,"以后咱们还是少见面比较好。"

林茶死死地拉着闵景峰的手:"我们先回去,回去再说。"

她觉得心里很不舒服,好像……好像……他们之间的相处状态不像以前那样让人愉悦了。

林茶也不知道是什么时候开始的,反正现在两个人的关系实在是……让人难受。

林茶看着闵景峰的眼睛,又看到他脸上出现了黑色的图案,她着急了,说道:"你脸上出现了黑色的图案,这是以前从来没有过的。你的状态很不对劲,我们先回去,我帮你看看到底怎么回事。"

闵景峰把她的手掰开,摇了摇头,说道:"不用了,如果我死了,这也算是我的报应。"

林茶气得发抖,踮起脚掐住了闵景峰的脸,看着他的眼睛说道:"我从第一天认识你开始,我就相信你、亲近你、想跟你一起努力,现在我们之间的确出现了问题……"

闵景峰刚想说话,就被林茶往外拉:"别说话了,我们先回去。"

刚才闵景峰要离开时,她心里很恐慌,总觉得让他走的话,她会后悔一辈子。

林茶原本是想拉着闵景峰回自己家的,后来又想到闵景峰现在的情况实在是不乐观,于是去了闵景峰家里。林茶发了条信息给自己的爸爸妈妈,说今天有事要晚点回去。

一到闵景峰家,林茶就把人按在了沙发上:"刚才是不是心情特别沮丧?就算是心情沮丧,也不至于沮丧到光环都出来了吧?"

闵景峰摸摸自己的头上,当然什么都没摸到。

"我也不知道。"

林茶想了想,说道:"不管怎样,你现在这个状态非常糟糕,咱们还是得想办法让光环回到你的身体里。"

闵景峰看了看她,说道:"我把这个光环给你怎么样?我是认真的,这个光环本来就是你的。我用的时候一直很有压力,总觉得是偷了别人的东西。并且我感觉这个光环并不喜欢我,要不然也不会一直排挤我。"

林茶听他这样说,开口说道:"这个应该很难取下来……反正我们是一点办法也没有。"

林茶看着闵景峰:"你也不用觉得在用别人的东西,因为我的东西就是你的东西。"

林茶稍稍错开目光,突然看到了旁边放着的熟悉的 U 盘,当初她发现自己没有办法把那段记忆放回自己的体内后,就把这个 U 盘给了闵景峰。

林茶拿了 U 盘过来,想说有没有可能过去了几天,她又能够吸收自己的记忆了。

本来林茶只是想稍微尝试一下,并没有抱太大的希望,然而没想到的是——

她在接触到 U 盘的瞬间,就感觉到了一股治愈的力量,紧接着那些她已经看过好几遍的记忆回到了自己的脑海中。

自己拥有这些记忆和在视频里看到这些记忆,是两种完全不同的体验。

林茶回过神后,忍不住一把抱住了旁边的闵景峰,小声说道:"好想你。"

闵景峰愣了一下:"你……"

林茶擦了擦眼泪,说道:"我……觉得自己浑身上下充满了力量!"

她无法形容这种心情。

闵景峰这才意识到一个问题，说道："你把那些记忆吸收了？"

林茶点了点头，凑近看他脸上的图案，觉得特别心疼，说道："开心一点呀，你想点开心的事情。"

闵景峰却想起前一段时间这个U盘曾经被死灵偷拿走过，后来还是他抢回来的。

当时他就在想，死灵拿这个东西干吗？

现在想来，死灵拿U盘的目的不是为了用这个东西，而是为了不让林茶用！

闵景峰很快就想通了前因后果，意识到了最近发生的这一系列事情都是有人在背后操纵的。

他父亲突然把他的事情爆了出去，还专门雇水军在网上骂他，把事情闹大。

对于他父亲来说，做这些事情可能是为了转移注意力，但对于某些幕后黑手来说，他们是为了让林茶去取出自己的记忆，只要林茶取出了那一部分记忆，自然对闵景峰的感情也变淡了。

死灵分明是想要离间他们两个之间的关系！闵景峰再也忍不住了，把自己猜测的事情告诉了林茶。

林茶目瞪口呆，说道："对……我失去关于你的那段记忆以后，紧接着就在一段千纸鹤记忆中看到了黑暗之主……"

正是因为林茶那时失去了对闵景峰大部分的记忆和情感，所以当她看到小女孩一家被杀的回忆时，会对闵景峰产生不信任感。

还有后面老太太的事情,她怎么就那么凑巧地碰上了被黑暗之主残害过的人?这一切都仿佛背后有一双大手在不停地推着他们。

林茶不由得后背发毛。

闵景峰安抚道:"我在这里。"

林茶"嗯"了一声,一下子握紧了闵景峰的手:"还好还好……"

林茶想起了很久以前的一个事,那天晚上她在宿舍偷听到的话,以及这些年来闵景峰身边的人做的事情,其实都只有一个目的——

想要孤立闵景峰。

敌对方的目的一直是想要孤立闵景峰,如果今天自己没有顺从自己的心意,那么他们的这个目标就达成了。

还好刚才他们差点吵起来时,她没有放闵景峰走,而是跟着闵景峰一起回来了。如果不是这样,此时闵景峰会面临什么样的事情?会不会有危险?

林茶越想越后怕,闵景峰反应更快了一步:"其实现在财神光环离开我的身体就是敌对方想要的结果,也是让别人孤立我的目的,光环离开了我的身体……我身上出现了反噬,直到身体越来越弱……"

林茶点了点头:"对!对方想要的就是这个结果。"

"前面铺垫了那么多,就是为了让你跟我决裂。"

林茶看着闵景峰,认真地说道:"就算我没有那段记忆和感情了,也不会跟你决裂。"

闵景峰头顶的光环瞬间从淡黑色变成淡黄色了。

林茶看了看他的光环,忍不住说道:"你的光环颜色恢复正常了,

可是反噬还在。"

闵景峰正欲说话，突然感应到什么，便快速拉住林茶去了卧室。

然而两人哪怕是到了卧室，也没有躲过突然进入房间的死灵和一个熟人——

当然是熟人，这人就是他们每天都能够看到的物理老师。

林茶愣住了，物理老师怎么会来？

这个时候来找闵景峰……他们刚才猜测的事情……

死灵开口说道："你们这时居然还在一起。林茶，你一个人类守护者，确定要跟黑暗之主同流合污？"

林茶不屑地说："你可以去告发我啊，说不定你告发我有奖励。"

这个死灵真的特别喜欢用人类守护者手册上面的规矩来约束她。

林茶看向物理老师，向物理老师打招呼："老师，你是来催作业的吗？"

氛围变得极度尴尬。

林茶突然而来的一句"催作业"成功地把整个房间的气氛打乱。

物理老师开口道："林茶，你现在离开，我可以放过你。"

林茶脸上没有丝毫恐惧，说道："因为我平时好好学习，天天向上吗？"

物理老师的脸抽搐了一下，他好歹也是带了她一学期的老师，印象中她一直是个积极回答问题的学生。

"老师，我能问问你的身份吗？"

闵景峰说:"他应该是黑暗之主的手下,贪灵。"

林茶:"……"怎么一点都看不出来?

物理老师拍了拍手,说道:"看来你并没有我想象的那么蠢。"

闵景峰忍不住了:"你们对一个学生的要求能不能不要那么高?"

他们简直是送学生去玩无间道!他跟林茶压根儿不是这些人的对手,只能被这些人摆弄。

林茶一直挺喜欢物理老师的,觉得对方非常佛系,长得也非常斯文。

林茶叹了一口气:"老师,你也教了我们这么久,不像我们跟死灵毫无交情,可以直接跟他开打。咱们可以商量一下吗?你们想要干吗?"

死灵:"……"以前的人类守护者没有这么记仇啊,怎么就这么喜欢怼他?

物理老师看了看两个人:"我刚才说了,你可以走。"

一个没有财神光环的人类守护者,现在对他们的影响真的不大。

死灵忍不住转过头,对物理老师说道:"对你的影响的确不大,但是对我的影响就很大了。真的不连她一起弄死吗?"

林茶:"……"在祖国的花朵面前说这种事情真的好吗?

只听物理老师说道:"那是你没本事。有本事自己去把她除了。"

林茶实际上是在拖延时间,这得感谢她这段时间无数次跟陌生人搭讪聊天,让她成了小话痨。

林茶态度特别好地说:"老师,我们先商量一下嘛。你们到底想要什么,看有没有说和的余地呀,老是动刀动枪的也不好。"

她说这句话的时候，简直就跟在学校里请教老师问题一样。

物理老师到底是在教师圈里混了一段时间，多多少少感染上了教师的一些习惯，比如说学生态度特别好的时候，他们心情就会好，觉得这个学生有药可救。

物理老师开口说："我们现在要的只是他的心脏。"

林茶愣了一下："心脏？老师，人没了心脏，就活不了了。咱们再商量商量，给你们一点头发代替可以吗？"

物理老师："……"

死灵恶狠狠地说："这一次你保不了他！我要让你亲眼看到他的心脏被挖出来，我要你亲眼看到，我们靠着他的心脏实力大增，然后继续破坏你们人类守护者的事！"

林茶："你们吃了他的心脏就可以实力大增吗？"

死灵冷冷地说道："这不是废话吗？"

物理老师朝两个人走了过来，看样子是准备下手了。

林茶心里慌乱，挡在闵景峰的前面。

物理老师感慨道："当初你们俩斗得死去活来的，你甚至想要跟他同归于尽……谁也不会想到，今天你们在一起了，你甚至还想舍命保他。"

林茶面对来自老师的指控，解释道："没有早恋。"

死灵在一旁冷嘲热讽："管你们恋没恋，不过你当初要是能够预料到现在的事情，一定会直接自杀，免得现在沦落到保护敌人的境地。"

闵景峰其实已经做好了撤退的准备，但就在他准备出手的时候，被林茶按住了手。

此时，物理老师已经拿着一把刀到眼前了，情况危急。

突然，大门那边传来"哐当"一声，门被强制打开了。

先是有人扔了好几个催泪弹进来，紧接着一群警察冲了进来。

林茶一边咳嗽一边喊道："他们是疯子，不知道怎么跑进来的，口口声声说要吃了我们！"

林茶惊恐万分，抱住了闵景峰，一副被疯子吓坏了的样子。

死灵和物理老师对视一眼后，目光一致地看向林茶。

林茶眼泪汪汪，害怕地躲在闵景峰背后，无声地用口型说："你们似乎不能被人类发现哦，现在你们不能乱用能力。"

林茶一边流着眼泪，一边看着这两个人被抓。

警察们还挺惊讶，这两人这么快就被制伏了。

林茶早就有这个自觉了，以后他们跟警察打交道绝对是家常便饭。

在这之前，林茶先是将位置发送给了警察，然后就打开了全程通话模式，后来两人一起去公安局录口供。

警察这边联系了林茶的父母，于是两个人就成了被邪教胁迫的受害者。

犯罪嫌疑人拿着刀要去挖学生的心脏，还说吃了心脏自己就可以力量大增，这不是邪教是什么？

林茶开开心心走之前正好遇到了死灵，他此刻特别恨林茶，看着林茶的目光就像是要把林茶活吃了，闵景峰不动声色地站在了林茶前面。

死灵突然意识到林茶这一招不是一般的熟悉！他和贪灵到底在想什么，刚才居然真的任由她拖延时间！

他现在只能咬死了当时就是跟两个孩子开玩笑的，并没有真的要做什么。

另一边，林爸爸看着车子里面的两个人，问道："那两个也是跟你们一样有特殊能力的人？"

林爸爸本来就是聪明人，这个事情一想就能够想通。

林茶点了点头，赶紧说道："他们斗不过我们！"

林爸爸表情很严肃，看着两人："他们斗不过你们？他们斗不过你们，你们还需要叫警察，不是他们叫警察吗？"

林茶小声说道："那不是因为我们有法制观念，咱们不能私下执法，惩治坏人的时候我们就报警。"林茶觉得自己这个解释简直是完美。

然后，林茶抬头就看到她爸像看小傻子一样地看着她。

林爸爸说道："果然是出去工作了的人，什么都没学到，强词夺理倒是学到了。"

林茶："我这不是不想你太过于担心嘛……爸，你看我们其实也挺厉害的。"

林爸爸："哪儿厉害了？你这一次能够抓到他们，那以后每次都行吗？"

林茶："这也是一个大问题。这些招数可能只能用一遍……

"其实我已经对死灵用了第二遍这个招数了。"

死灵简直是最理想的敌人，能力不算差，就是时不时地要犯蠢。

林爸爸看向闵景峰，他从上车开始就没怎么说话。

林爸爸对闵景峰态度就好很多，不像以前那样对他横眉冷对。

毕竟以前对于林爸爸来说，这个人是来勾搭他女儿的，而现在他知道闵景峰是他女儿的搭档，自然对对方的态度就不一样了。

林爸爸开口说道："他们有能力从公安局里逃出来，对不对？"

闵景峰自然也不能说谎，点了点头："的确有这个能力。"

林爸爸看着这两个人，问了另外一个问题："你们需要枪吗？"

林茶原本正在喝水，结果被她爸的这句话吓得呛住了，赶紧说道："不需要不需要。"要是能够用子弹解决问题的话，他们现在就不会在这里了。

"持枪是非法的，我们绝对不能有，要不然到时候就轮到他们举报我们了。"

这时，他们的车子猛地晃了一下，紧接着就看到另一边一辆大卡车直接冲了过来。

林爸爸第一反应就是反身抱住了旁边的两个孩子，纯粹是本能反应。

他这个反应，也节省了闵景峰的时间，闵景峰一把捞过了旁边的林茶和林爸爸，然后整个人向后一扬，在这千钧一发的时刻，三个人一下子消失不见了。

下一秒，三个人出现在山茶市，这是上一次闵景峰和林茶共同去过的地方。

闵景峰刚才要瞬移的时候,一直没想到比较好的地方,干脆就到了这里。

林爸爸还在蒙圈中,哪怕他是见过大世面的人,也被这一幕吓到了。

林茶松了一口气:"还好刚才你反应快,你这个能力实在是太好了,不像我每次还得先回意识空间。"

闵景峰看了林茶一眼,然后开口说道:"这一次的事故不知道是不是他们制造的,现在我们算是和他们正式开战了。"

"那个贪灵藏得太深了,他从一开始就一直在观察咱们。"

闵景峰点了点头,说道:"我感觉他们这次对付我们的手段激进了些,一定是出了什么事情,让他们突然这么着急。"

林爸爸这个时候终于回过神来,看着周围的小吃摊和那边来来往往的车辆,问道:"我们现在在山茶市?"

林茶点了点头,说道:"这边的冰糖糍粑很好吃,我们一会儿一起去吃夜宵吧。"

林爸爸看着这个时候还能想着去吃夜宵的女儿,一时之间不知道该感慨自己人老了,心理素质不好了,还是该感慨,现在的年轻人心理素质是越来越好了。

闵景峰问道:"叔叔明天忙不忙?要不然咱们现在回去?"

林爸爸:"……"此时此刻,他还能说什么呢。

"我明天不忙,走吧,我们去吃夜宵,我请客,今天你们俩辛苦了。"

林茶:"不辛苦,不辛苦,都是为了人民服务。"

林爸爸:"……"都说人进入社会以后会变皮,这是真的。

山茶市的夜市还挺热闹的,夜市上有各种小吃摊,林爸爸看着这些小吃摊,心里是拒绝的。

但是谁让刚才的经历实在是太让人难以想象了,于是,林爸爸先坐下来缓了缓。

林爸爸问:"你们以前经常出来吃夜宵吗?"

他认为两个人有特殊能力,每次忙完了,就可以瞬移到全国各地吃夜宵。

这样想想好像也还不错,只是林茶承担的风险实在是太大了,他心里有些放心不下。

林茶还是有些担心的,只是没有表现出来。她有爸妈,有朋友,如果说死灵他们不要脸要去害自己亲人朋友,到时候还是比较麻烦。

一直到吃完夜宵,林茶还在想这事,此时她心里已经想好了对策。

林茶没有死灵的联系方式,但是她有物理老师的联系方式。

回家的时候,林茶顺手就给物理老师发了一条信息。

"老师,今天你们的事情,我爸会解决。"

此刻,物理老师和死灵的确是在计划着从林茶家里人这边下手。这也是最快的途径。

结果,物理老师就收到了林茶这条莫名其妙的短信。

物理老师回复信息:"林茶同学还是好好学习为上。"

林茶立马就回复了信息:"老师这么直接,那我也直说了,老师最好不要对我的家里人下手,我哥微博粉丝三千万,我爸妈也不是什么无名小卒,他们只要有一点事情,我就会向外界公开人类守护者和你们的故事,反正我也是正义的一方,不怕被人类说什么。"

物理老师:"人类守护者守则你看过没?"

"老师是觉得我违背了人类守护者守则吗?你可以去跟死灵交流交流经验,然后联名举报我呀。"

物理老师:"……"

他实在是不想回林茶的这条信息。

死灵这边正在兴致勃勃地观察打游戏的林茞,然后就看到了物理老师发来的信息。

死灵:一定要去看看能不能匿名举报林茶!年纪不大,咋这么嚣张?

以前都是死灵在人类守护者面前嚣张,还从来没有像现在这么憋屈过。

林茶没收到回信,大概明白对方的态度了。

林爸爸这次算是被闵景峰救了,对闵景峰的好感值直线上升,还表示:"你们这个年纪正是长身体的时候,不要老是去吃路边摊,以后饿了可以回来吃夜宵。"

林茶想想觉得挺好的,这样一来也免得她去想跟闵景峰在哪儿见面了,算是比较节约时间了。

林茶乐呵呵地说:"好呀好呀。要不然让闵景峰住咱们家吧,这样更加方便。"

林爸爸:"……"

闵景峰都不需要看林爸爸的脸色,就知道他现在表情肯定不好看,于是拒绝道:"不用了,我一个人住比较方便。"

林爸爸转移话题:"我打个电话,让他们处理一下今天的车祸事情。"

第二天一大早,林茶查新闻的时候,果然没有看到市中心车祸的事情。

林茶出门去找闵景峰,刚出去就看到了楼下的单纯和善良,她们特别乖巧懂事地站在一个高高大大的男人身边……

林茶本能地感觉到心虚,不知道是不是以前经常做这种事情。

不过林茶还是走了过去,然后就听到男人劈头盖脸地骂道:"你还知道回来?你的光环怎么没有了?"

林茶小声道:"打断一下……你是谁呀?"

男人被这话气到,没好气地说:"你说我是谁?"

"我上司?"林茶小声说,"终于有人给你告状了吗?"

她还以为自己现在的身份是介于人类和人类守护者之间的,那些人类守护者的惩罚都没有办法降临到她的身上,她想过会不会有另外的惩罚她的方式。

原来还真有别的方式,她让死灵去告状,他拖那么久都没有任何动静,昨天刺激了一下物理老师,第二天就被以前的上司找上门了。

看来物理老师不愧是老师,还是有一些告状的门道的。

上司听了林茶这话,说道:"看来,你还是知道你自己的身份,听说你现在跟黑暗之主关系很好。"

"对呀。"林茶点了点头,说出了一句非常有名的话,"他现在想当个好人。"

上司:"……"

林茶关注点偏了,看着自家上司说道:"你是我的上司,你肯定比死灵他们厉害对吧?你能不能把他们这种为祸人间的坏人解决了?"

上司想,算了,林茶已经成了人类,还跟她讲那么多干吗。

他平静了一下心情,说道:"按照规矩,我不能插手你们的事情。"

林茶心想:这都是一些什么破规矩?

"你现在已经严重违反了人类守护者的规定,所以我要暂时剥夺你的守护者身份。"

他表情特别严肃,以至于原本不怎么紧张的林茶也紧张了起来,她小心翼翼地问:"怎么剥夺守护者身份?"

不会是抽筋扒皮之类的吧?

上司看了看她:"收回你的光环……"

"光环没在我身上。"对哦,她突然反应过来,她现在也不算是彻底的人类守护者。

林茶想通后,想着等以后有空了一定要给物理老师发条短信——

"打小报告也没用。"

# 第四章
## 林茶的意识世界

闵景峰到家的时候,看到了两个人坐在他家沙发上,正在等他回家。

闵景峰看了看这两个人,逃肯定是逃不了的,他们双方的能力不在一个水平线上。

其实他一直都想找个机会,跟这两个人私下处理以前的事情。

死灵和物理老师看了一眼闵景峰淡定的表情,对视了一眼后,都打算速战速决。

两个人也不多说话,直接便开始攻击闵景峰。

如果林茶此刻在这里,就会看到闵景峰身上的黑气已经完全蔓延开了,这些黑气顺着打斗的痕迹缠住了死灵和物理老师的身体。

此刻,林茶做了一个噩梦,梦里的一切像是被蒙了一层纱布一样,只能让她看到一个大概的轮廓。

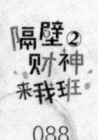

林茶只能够回忆起来,自己在梦里似乎很想保护一个人,但是那个人死在了自己面前,还认真地跟她说,你别怕,这不怪你。

她觉得自己应该不会做一些无缘无故的梦,便准备去找闵景峰说一下自己梦里的情景,看看闵景峰有什么看法。

到闵景峰家时,林茶发现了倒在血泊中的闵景峰。

林茶整个人像是被人当头棒击了一下,身体顿时僵住了,手脚发冷,直到她蹲下去,感觉到闵景峰还有气息后才缓过神来。

林茶不知道闵景峰伤到了哪里,也不敢把他抱起来找医生,只能打救护车电话。

她刚拿出手机就被苏醒过来的闵景峰制止了,他声音很虚弱:"不要找医生……"找医生的话,他特殊的身体情况无法隐瞒。

闵景峰现在明显不是为了逞强才不找医生的,肯定是有他的理由。于是,焦急的林茶直接问道:"我让我哥买点药送过来?"

闵景峰摇了摇头,艰难地想要起来,结果因为伤得太重了,站都站不起来。

林茶赶紧扶着他到了旁边的沙发上:"是死灵和物理老师干的吗?我要找他们报仇!"

看着闵景峰这个样子,林茶心里十分不好受。

闵景峰开口阻止了林茶:"不用去找……我没事。"

林茶咬了咬牙,他现在这个情况哪里像没事的样子?

闵景峰继续说道:"他们现在伤得比我还重,可能有一段时间都不会出来。"

林茶拿了一个帕子给他擦了擦脸,看见他的伤口,心疼得小脸揪了起来,擦脸的时候都小心翼翼的,生怕弄疼了他……

闵景峰胳膊上、脖子上都有伤口,脸上也有不少伤。

林茶笨手笨脚地处理了下他的伤口,这下子她是不敢离开闵景峰了,哪怕闵景峰已经睡着了,她都一直守在他身边。

妒灵过来时看到的就是这个情况,心想主子是一定要扮猪吃老虎吗?明明把那两人打得都不成人形了,却还故意装弱让人照顾着。

这算是表演欲吗?

妒灵觉得自己现在比前一段时间更能揣摩主子的心意了,于是当林茶从卧室里出来的时候,还装模作样地对林茶说道:"看到你在这里就好……"

林茶没有顾得上妒灵,截至目前妒灵也没有做出太过分的事情,林茶不会放太多精力在她身上。

一听到妒灵主动跟自己说话,林茶随口应答道:"嗯。"

"主子伤得太重了,也不知道会不会影响生活……"

林茶怕妒灵说的话被闵景峰听到,压根儿没有等她把话说完,就把人推到了屋外。

林茶再回卧室的时候,见闵景峰已经醒过来了,偏着头,淡淡地看着她。

林茶觉得闵景峰哪儿不对劲,可是又说不清他哪儿不对劲。

她拧了拧帕子,准备给闵景峰擦一下脸,然后就看到他收回了目光,翻了个身,背朝着她躺着。

林茶这下子真的觉得他有哪儿不对劲了，赶紧开口问道："闵景峰，你是不是哪儿不舒服？"

闵景峰不说话，只是面向洁白的墙壁那边。

林茶想，怎么了？

她不知道怎么了，一边给闵景峰换药，一边轻声跟他说话。

"我让我爸带的药过来……

"可能有点疼……

"我给你吹吹……

"疼不疼？"

她动作很温柔，过了好一会儿才等到对方小声问："我……妈妈她还活着吗？"

林茶蒙了一下，她当然知道闵景峰妈妈的事情。

按理说闵景峰怎么都不应该问这句话，毕竟那已经是十年前的事情了，没有人比闵景峰更清楚当时的事情了。

林茶没有回答，这似乎已经是一种回应了，床上的人没有哭没有难过，只是安静地背对着林茶。

林茶意识到闵景峰受伤昏迷以后，记忆好像倒退回了十年前，回到了他人生中最黑暗的时期。

闵景峰身上的黑气在弥漫，那些童年往事太糟糕，经历过的人真的很难走出来。

林茶摸了摸他的头，哪怕是闵景峰身上的黑气已经让她很不舒服了，她也没有露出半点异常，只是说道："我先给你检查一下头。"

她也只能看看闵景峰头上有没有肿块或者流血的情况。

林茶检查了一遍,并没有这样的情况。

那些弥漫的黑气让她更加不舒服了,这时,闵景峰再一次说道:"我知道了。"

林茶接受能力本来就强,只是短暂地迟疑了一下,便转移了话题:"你想吃东西吗?"

她心里可以确定,闵景峰现在是回到了小时候那段最难熬的时期了,可能是死灵和物理老师不小心激发了哪里,使得他的记忆停留在了这段对他来说难熬的时期里。

闵景峰还是安静地躺在床上,没有说话,也没有转过头看她。

林茶明白,他现在很难过。

林茶也不说话了,就这样安静地待在房间里,一直陪着他。

天快黑的时候,林茶才小声问:"闵景峰,你要吃东西吗?"

闵景峰说道:"我没钱。"

"不需要钱。"

"我不认识你。"

"十年后你就认识我了。"林茶忍不住摸摸他的头,"你没发现你自己长大了吗?你来到十年后了。"林茶除了蹭光环的时候,其他时候还是不太容易摸到闵景峰的头。

闵景峰其实已经发现了,可是他躺在那里不敢动,以为出了什么事情。

现在听到林茶这样说后,他有点半知半解地坐了起来:"我长大了以后就是这个样子吗?"

林茶点了点头,打开了手机的前置摄像头,给闵景峰看他的样子:"可帅了!好多人喜欢你!"

闵景峰眼神有点迷茫:"我……长大了有朋友吗?"

"有啊有啊!"林茶凑到他面前,"我们是世界上最好的朋友。"

闵景峰看着她,原来自己长大了就有朋友了,那长大也挺好的。

只是——

"你不觉得我笨吗?"

林茶眨了眨眼,看着这个一本正经问自己的大男生,他此刻认真地看着她,乖巧得像幼儿园里等待老师解答的小朋友。

"你不笨,你超好。"林茶说,"我超级喜欢你,是我缠着你想跟你做朋友来着。"

林茶说完后还不忘给闵景峰检查伤口,现在伤口基本上已经愈合了,可林茶还是有点放心不下,又给他擦了点药。

"那你知道我有皮肤病吗?"他心里还是不敢相信自己居然有朋友了。

"这不是皮肤病,我知道……"林茶本来想解释一下皮肤病的事情,但是考虑到牵扯的事情实在是太复杂了,这个年纪的闵景峰肯定不懂,于是就放弃了。

闵景峰听到她说知道,觉得非常不可思议。

"你怎么会觉得自己笨?"

闵景峰没有说话了。

他不肯说，林茶也不问了，把人扶了起来："先出去吃点东西。"

闵景峰"嗯"了一声。

出门后，闵景峰被吓了一跳，这个地方太陌生了，而自己的身体……他也觉得非常陌生，他仿佛被塞进了一个巨型玩具里面。

连看地面的高度都不一样了，这让他觉得恐慌。

旁边这个女生是他十年后的朋友，闵景峰从来没有朋友，他一直都希望自己能有个朋友，他伸出手，想去牵朋友的手。

可是……伸到一半，闵景峰的手又折了回来，握住了自己的另一只手。

林茶担心他的身体情况，于是挽着闵景峰的胳膊，说道："我们经常一起出来吃东西。"

闵景峰的两只手松开了，心里觉得长大了真好。

林茶觉得此刻的他安静又可爱，给他买了两颗糖心大汤圆，看着他慢慢地吃。

因为快过年了，外面卖汤圆的小摊比较多。

小闵景峰吃着汤圆，吃着吃着，眼圈变红了。他低着头，不让自己长大了以后的朋友看到自己窘迫的样子。

林茶并没有发现他的不正常，两个人吃了饭，就回了家。

林茶跟闵景峰聊他长大这些年的事。

"我们高一的时候认识的。"林茶道，"你特别帅，对人也特别好。"

闵景峰突然抬起头，小声问道："还有呢？"

林茶见他有兴趣，继续说道——

"我当时就特想跟你做朋友,但是我们不在一个班,都没什么接触。"

　　"当时全校都以为……"林茶一想到人家是小朋友,赶紧改口,"全校都以为我们不能成为好朋友,因为我们都不是一个班的,结果后来我们一起吃了顿饭,就变成朋友了。"

　　闵景峰认真地听着,然后说:"还有呢?"

　　"然后我们每天都一起吃饭,一起做作业,一起去操场做操,一起在背后说别人的坏话。"

　　在背后说别人坏话是为了说明她们每天除了吃饭做作业,还有其他事情可以做。

　　林茶看着闵景峰,总觉得他的眼神都是可爱的,忍不住问:"你喜不喜欢我当你的朋友?"

　　对方"嗯"了一声。

　　八岁多的闵景峰和快成年了、历经了沧桑的闵景峰的差别还是很大的。

　　林茶摸了摸他的头,说道:"我也很喜欢你这个朋友。"

　　闵景峰躺在床上,往里面挪了挪,说道:"你不睡觉吗?"

　　林茶犹豫了一下,然后脱了鞋子,坐在了床边,摸了摸他的头:"睡觉了。"

　　林茶转过身,心里有种说不出来的难过,这个年龄段的他肯定过得很不好,几乎是被全世界抛弃了,转而又被送去了他所谓的父亲家里，怎么可能过得好。

　　林茶知道在闵景峰的这段记忆中，他孤单、委屈、难过，无人理解。

　　这些她都知道，也因为知道，所以她更加心疼闵景峰。

　　就在她说完了之前那句话以后，闵景峰身上的黑气慢慢地消失了，变成了淡黄色的柔光。

　　无论什么时候，他都是非常好哄的。他就像是沙漠里的植物，没有水也在坚强地活着，一旦有点水，不仅能够活着，还能开朵花出来。

　　在这一刻，林茶突然领悟到一个事情，闵景峰不可能是黑暗之主。她在那个女孩子的记忆中见过黑暗之主的心狠手辣，可是现在的闵景峰，哪怕还是孩子，哪怕是停留在最黑暗时期，依旧有一颗不伤害他人的心。

　　他绝对不是那个漠视生命、高高在上的黑暗之主。

　　林茶转过头，认真地承诺道："你等我啊，等未来，我会来找你。"

　　林茶仿佛是穿过了漫长的时空，对那个心里煎熬的小朋友说这些话。

　　然后她就看到小朋友哭了。

　　林茶愣了一下，更加心疼了，恨不得把对方抱进怀里哄。

　　林茶把人抱进怀里："我知道你小时候过得很不好，但是我可以跟你保证，你长大了就会好起来了。

　　"有很多人很多人喜欢你。

　　"你经常帮助别人。"

　　闵景峰没有说话，林茶能够感觉到他心情越来越好了。

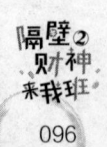

等他睡着了，林茶也没有离开。看着这个会哭会笑会难过会沮丧的人，她再一次拿出了那一次藏起来的小女孩的记忆千纸鹤。

林茶进入了记忆千纸鹤，再一次看到了冷漠的黑暗之主。

这一次林茶看得非常认真，她以前其实一直都不想面对这个问题。

林茶看着黑暗之主冷漠的眼神，看着他说话，看着他离开。

林茶甚至试图走近他，这个她想要与之同归于尽的人。

人可能真的会变，可是很多事情也是不变的，比如说她自己，再比如说从小经历了各种不幸的闵景峰。

她从一开始就不觉得闵景峰是坏人，哪怕她最初认识他的时候，他的风评就很不好。

经历过苦难的一部分人会变得冷血暴力，恨不得把自己受过的苦难加倍还给这个世界。

另外一小部分人会变得很慈悲，因为懂得，所以慈悲。

闵景峰便是后者，林茶不清楚为什么闵景峰会是黑暗之主，但是她确定，这里面肯定有什么内情。

她从千纸鹤幻想中出来，看到闵景峰用"我还是小孩子"的目光看着她。

大概是经历的事情多了，林茶也变得敏锐起来，一眼就能够看出闵景峰已经恢复到现在的年龄了。

林茶还没说什么，就听到闵景峰说道："我刚才好像做了噩梦。"

林茶第一反应就是这人还准备玩一会儿吗？于是配合地哄道："我在，你做了什么噩梦？"

闵景峰说道:"不记得了。"

"没事,梦都是相反的。"林茶安慰地说,"你梦到了不好的事情,说明现实中要发生比较好的事情了。"

闵景峰原本觉得很尴尬,毕竟他都是这么大的人了,居然在林茶面前哭了出来。

闵景峰想着林茶大概没有发现自己已经恢复了,便继续说道:"我做了噩梦,睡不着,你能跟我说说我长大了以后的事情吗?"

林茶心想,你自己又不是不记得。

尽管如此,林茶还是特别温柔地把被子给闵景峰盖好,然后把床头的灯调暗,跟照顾小孩子似的照顾闵景峰。

她声音温柔了起来:"事情特别多,我们第一次见面的时候,长大以后的你跟我说,你怎么那么傻,球朝着你飞过来了,你都不知道躲一下吗?"

那是她偷偷地去研究他的财神光环的时候,结果她实在是太倒霉了,篮球正好砸中了她的鼻子,鼻血哗啦啦地往下流。

闵景峰愣了一下,没想到那个被他砸中的女生居然是林茶。

"那个时候你还背我去校医院了,不过我当时满脸血,没好意思跟你要联系方式。"

"后面我们的联系就多了起来。"林茶开始回忆以前的日子。

那真的是一段非常美好的回忆,有开心的事情,有伤心的事情,有让人震惊的事情,才短短半年而已,她的整个世界都发生了改变。

她脑海里全是闵景峰,是一脸不耐烦却依旧温柔的闵景峰,是愤怒地救她的闵景峰,是被人冤枉了还要反过来安慰她的闵景峰。

闵景峰看着林茶,林茶此刻笑得很甜,仿佛想起了什么特别美好的事情。

"很高兴认识你,从认识你起,我的世界就开始变得多姿多彩了。"

"闵景峰,我一直都说我懂你,我明白你,我知道你是什么样的人。"林茶靠近闵景峰,"你其实没有改变。你一点都没有变。你还是我一开始认识你时的样子。"

变的人是她。

她曾经指责那些冤枉闵景峰的人,觉得他们瞎,可是她现在何尝不是在做着同样的事情?用闵景峰从来没有做过的事情去指责他。

闵景峰听到这话后,抬眼看着林茶,一时之间,万般滋味涌上心头。

其他人的想法他皆不在乎,唯独在意林茶的看法。

从来没有这么在意过。

闵景峰也顾不得自己的形象问题了,问道:"我……其实我也不确定我会不会变成坏人。"

哪怕是有万分之一的概率,他都不敢赌。

林茶握住闵景峰的手:"如果你变成了坏人,你会杀了我吗?"

"我不会伤害你,但是我担心我会伤害别人。"

"你不会的。"林茶看着闵景峰,"你自己都不知道你有多好。"

他自己真的不知道。

林茶说道:"我们以后不要分开,尽量一起行动。"

她说这话的时候忍不住打了个哈欠,现在已经是凌晨了。

闵景峰起身，把床让给了林茶："你赶紧睡觉。"

"你不睡吗？"林茶被塞到了被窝里，看到闵景峰打开了旁边的柜子。

"我也睡。"闵景峰一边说一边从衣柜里拿出了备用的被子，还有夏天的凉席。

闵景峰快速地把凉席垫在了地上，然后铺好了被子在地上睡下了。

闵景峰关上了灯："晚安。"

"晚安。"林茶小声说道。

林家一家三口都没有睡好，都担心着林茶。

他们以前压根儿没有想过会遇到这样的事情。

林茶在外面睡觉，三个大人担心她的安危，可是一想到林茶做的事情，他们也不好拖林茶的后腿。

只能看看林茶的定位，确定她没有事，可依旧还是会担心。

好在他们第二天早上收到了林茶的信息，也算是一种宽慰。

第二天一大早，林茶给家里发了信息，同时也在思考另外一个问题，她和闵景峰以后要怎么办？

单纯和善良已经开始操办着过年的事情了，林茶自然也是要去帮忙的。

林茶原本是准备带着闵景峰一起进入意识世界的，但是被闵景峰拒绝了。

"我知道你相信我，我也相信你，但是我不能让你冒险。"闵景峰摸了摸林茶的头,"我在这里等你出来。"

他坐在早餐店里,对林茶说着。

林茶犹豫了一下,还是同意了闵景峰的话。

闵景峰看着林茶离开,眼神有点暗,安静地看着面碗里的葱花。

闵景峰心里很不好受,有些事情他不知道该怎么告诉林茶。

很快旁边空着的位置上坐了人,闵景峰抬起头就看到了物理老师。

"一碗小面不要加葱。"物理老师笑着对店主说道。

店主跟老顾客熟悉地攀谈了起来:"李老师今年不回家过年吗?"

"不回去了,我家里没什么人了,正好学校这边也需要两个老师留在学校。"

两个人攀谈了几句,店主去煮面了,物理老师把目光放在了闵景峰身上,说道:"怎么样,她还是不信任你对吧?"

闵景峰淡淡地开口:"你们昨天已经试过了,没用的。"

"对啊,昨天已经试过了,强硬的手段对你们的确是没有用的,你比我们想象的更厉害。"

闵景峰讽刺地开口:"谢谢夸奖。"

以前闵景峰还会忌惮他们,但昨天和他们交手以后,闵景峰发现他们无法杀死自己,那他就没什么好怕的了。

物理老师转念一说:"你与其这样一直跟在林茶身边,不如加入我们,一旦你拥有了黑暗的力量,大可不必像这样卑微地守着林茶,可以让她完全属于你。从此她眼里便只能看到你一个人。"

闵景峰原本在吃早餐,被这一番话恶心得差点吃不下去了,转过头看着物理老师，送了他四个字："思想龌龊。"

在这个世界上，唯有林茶理解他，相信他，不放弃他，不会因为任何事情而改变对他的看法。

他们使彼此真正意义上不孤单。

他们之前的感情是发自灵魂的吸引，跟所谓的情爱没有关系。

贪灵觉得闵景峰就是因为林茶，才放着那么强大的黑暗力量不要。

既然如此，那不就是爱吗？不仅是爱，而且还是求而不得的爱。

在这个世界上，唯有求而不得，才会让人不停地付出，已经得到了爱后，人们就不会再付出了。

贪灵一点都没有被闵景峰影响，接着说道："你为她付出了这么多，她却没有任何回应，你甘心吗？她甚至都不带你去意识世界，你心里不难受吗？你难道不想让她眼里只有你一个人？你如果不做出改变，那她作为人类守护者，所有的精力和爱终究要分给其他人。"

闵景峰想着难道他这个人真的左脸写着坏人，右脸写着变态吗？为什么总有人觉得他不是什么好人？他并没有为林茶付出过什么，反而是林茶为他做的事情更多。

闵景峰现在很明显说不清楚这种情况，毕竟人都只愿意相信自己想相信的事情。

闵景峰敷衍地说："你要这么想我也没办法。"

这句话作为直男语录第一名不是没有道理的，物理老师愣是被闵景峰这种消极对待的态度给气着了。

好在此刻林茶出来了,第一眼自然是看到了物理老师,火一下子就冒上来了,她还没去找他们,他们居然敢找上门来。

林茶冲了过来,物理老师赶紧端起了还没有怎么吃的面条,对店主说道:"我一会儿过来还你的碗,我还有事情,先走了!"说完一溜烟就跑了。

店主看着端着一碗面还能跑得那么快的老师有些吃惊,他记得这个老师是教物理的,不是教体育的……记错了吗?

林茶赶紧走了过来,坐在闵景峰旁边,确定他没事后,问道:"他怎么又来了?"

闵景峰安慰她:"没事,他就是来挑拨离间的,我没理他。"

林茶松了一口气,说道:"他们真的是太过分了。"

"你怎么这么快就出来了?事情都解决了吗?"闵景峰问。

"还没,我找到了一个更好的办法了。"林茶拉着闵景峰去了旁边的公园。

林茶所说的找到了一个更好的办法,是指她可以带着闵景峰进入自己的意识世界,不用去单纯和善良所在的区域。

林茶拉着闵景峰来到了学校外面的施工地,这边没什么人。

闵景峰还没问,林茶就已经拉着他进入了她自己的意识世界。

她是在单纯和善良那里了解到的——

单纯和善良现在所在的意识世界是整个世界的意识世界,林茶作为人类守护者,也有自己的意识世界。

闵景峰因为担心自己的身份，不敢和她一起去意识世界，但是如果是去她自己的意识世界，就没有这些顾虑了。

闵景峰一瞬间就从施工建筑的空地进入了大雪茫茫的世界。

这里千里冰封，万里雪飘，整个世界一片白茫茫。大森林里，雪花堆积在树冠上，一眼看过去，整个森林仿佛是一朵朵白云。

林茶也是第一次来到自己的意识世界，一看到这个场景，一下子就兴奋了起来，她从小就喜欢雪。

他们会感觉到冷，哪怕身上穿的是羽绒服，也扛不住冷，而且他们穿的鞋子也不适合在这厚厚的积雪中行走。

闵景峰愣了一下，紧接着把林茶背了起来："你的意识世界怎么是白雪皑皑的景象？"

按照正常的逻辑，林茶这样的人，意识世界里不应该是春暖花开吗？

林茶哪里知道为什么，她冷得瑟瑟发抖，靠在闵景峰的背上："还好这里不是沙漠……"

这时，她看到了远处有一个木屋，对闵景峰说道："那边有木屋。我下来自己走，你背着我更不好走了。"

闵景峰看看木屋的位置，说道："这点距离而已。"然后大步走了过去，果然很快就进了木屋。

一进去，两人看到了已经点燃了的火炉，整个屋子里暖洋洋的。

林茶从闵景峰的背上下来，忍不住说道："咦咦咦……我知道了，这是我小时候特别想要的生活！"

对上闵景峰无奈的眼神，林茶解释道："我小时候特别想要住在大森林里，冬天来了，地上有厚厚的积雪，踩上去吱吱呀呀作响，外面是冰天雪地，万物沉睡，我有一个小木屋，里面暖洋洋的，我可以和一群好朋友一起围在炭炉前面，一起盖着一张大被子讲鬼故事……"

林茶特别惊讶，没想到她意识世界里的景象居然是以小时候的幻想作为蓝本的。

林茶说完，看到旁边毛茸茸的大毯子，她赶紧拉着闵景峰一起在暖炉前面坐了下来。

"虽然不能讲鬼故事，但是你可以看书。"林茶把一本"物理必修二"递给了闵景峰，然后自己开始调动出一只又一只千纸鹤。

屋子外面寒风呼啸，冰天雪地，里面却是暖洋洋的，闵景峰开始明白了林茶的意识世界为什么是这样的了。

他安静地看了一会儿书，抬起头时，看到盖在膝盖上的毛绒毯子上停着一只千纸鹤。

闵景峰愣了一下，转过头看到旁边的林茶在认真地观察那几只千纸鹤里面的内容。

闵景峰觉得这个千纸鹤很奇怪，不知道林茶急不急着用，他在千纸鹤旁边的毯子上拍了拍，想要把它吓走。

然而没想到的是，他的手刚落在那里，那只千纸鹤便落到了他的手背上。

紧接着，他感觉到了一阵——

孤单。

铺天盖地而来的，犹如外面厚厚积雪一般的孤单。

仿佛整个世界只剩下他一个人。

后面有人出声——

"茶茶，你在想什么？"

闵景峰看到了一个穿着粉红色小裙子的小姑娘，小姑娘坐在凳子上，一直在安静地发呆，直到听到有人叫自己，才回过了头。

"今天去游乐园，高不高兴？"

小姑娘安静了一会儿，大概是觉得自己应该要高兴，于是点了点头。

可是他能够感觉到，她依旧是孤单的、不被理解的。

就算是跟同龄的小孩子一起坐在课堂里，她依旧是安静的、格格不入的。

闵景峰想起了两个人见面后，林茶对他一直都很好。林茶曾经说，你是我最好的朋友……

她曾经说，在这个世界上，我懂你。

他莫名地想要抱抱林茶，他以前不理解林茶跟他说过的话，现在才明白她说的那些话后面都藏着怎样的孤单的过往。

等他出幻象的时候，林茶已经没有继续读取那些记忆了，千纸鹤们安静地停在后面，林茶斜靠在他的身上，身旁是壁炉发出来的暖光。

金黄色的暖光洒在林茶脸上，像是给她镀上了一层金色的背景色，让她显得神圣而美好。

闵景峰把毯子盖在她身上，侧过头，靠在她的头上，在这冰天雪地的世界里只剩下他们……

只有他们俩。

难怪贪灵会用那样的事情诱惑他，这种感觉的确能够成为诱惑他的资本。

闵景峰又抬起头，看着林茶。林茶睡着了的样子就像小动物，无害温顺，依赖地靠着他，仿佛自己就是她的全世界。

等到林茶醒过来的时候，发现外面已经天黑了，她赶紧给爸妈发了信息，今天又要加班，不能回家了。

林茶保证了自己的安全，林爸爸才回了一条信息："你应该不会在法定节假日加班吧？"

林爸爸所说的法定节假日是指接下来的春节七天假。

林茶："不知道……不过可以确定的是，没有工资。"

林爸爸："……"

林茶回了爸爸的信息后，就出了意识世界，被闵景峰带着一起去超市买东西，他们这两天得赶工，所以尽量都在意识世界吃喝。

意识世界其实还是存在于现实世界中的，除了不被人看到，其他的一切和在现实世界中一样，同样有电、有手机信号等。林茶一边选生活用品，一边笑眯眯地说："咱们像不像在选购新家用具的小情侣？"

按理说闵景峰此刻应该非常淡定地说像，可是不知道为什么，闵景峰脸一红，心一虚，说道："你怎么会这么想？"

林茶就是开个玩笑，哪有什么原因。

接着，林茶看到闵景峰匆匆忙忙去了蔬菜区，他说道："你别老是吃外卖。"

以前林茶都是在自己家吃饭，基本上没有在外面吃过饭，后面每天都和他在外面一起，林茶才开始在外面吃饭。

林茶觉得挺新奇的，忍不住问："你会做饭吗？"

闵景峰还没开口说，林茶就说道："咱们真是越看越像小情侣，还一起选菜。"

"说起这个，以后我要找一个会做饭的男朋友，要不然阿姨有事请假了，家里小孩还能吃自己人做的饭。"

林茶妈妈做的面很好吃，但是只有厨师叔叔阿姨都请假了，她才会露一手，小时候每次吃到她做的面林茶都会非常高兴。

闵景峰看了看旁边的猪肉、牛肉，说道："我会做饭炒菜。你想吃什么？"

"那一会儿吃了饭我洗碗。"

"你想吃什么？"

林茶从小就是吃货，没有什么太大的主见，说道："都可以！"

闵景峰选了不少菜后，两个人推着两个购物车一起去收银区，排队结账的时候，居然再一次遇到了死灵。

林茶做口型："迟早有一天，你会落在我手里。"

林茶记仇得很，上一次死灵和物理老师围攻闵景峰的事情，她心里一直都记着的。

死灵有点不高兴："这种放狠话的情节，不应该我们这些邪恶势力来做吗？"

林茶心想：自我定位还挺精准的。

林茶再次做口型："没事，到时候你落在我手里了，我也不介意做一次邪恶势力。"

死灵看了看闵景峰，然后对林茶说道："看他身上混合着你的气息，难道你已经对他开放你的意识世界了？"

林茶听到死灵说这话，才明白，原来他们还可以看出闵景峰身上气息的变化？

闵景峰看了看死灵，一把拉过林茶就要走，他们没有必要跟这种人多费口舌。

林茶回过头，听话地不说话了。

死灵却继续说道："对了，我过来找你们，是要送你们一份大礼。"

紧接着，两人就看到死灵把手里的东西扔了过来，这东西本来是对着林茶扔的，闵景峰劈手就截了下来。

闵景峰张开手掌心，露出手心里的红色千纸鹤。

林茶愣了一下，她一直都知道红色千纸鹤在死灵这里，只是之前她自己实力不足，压根儿没有办法从死灵手里拿回千纸鹤。

她更加没有想到的是，死灵居然会主动把红色千纸鹤还给她。

闵景峰摸到千纸鹤的一瞬间，脸色一下子就变了。然后，他很快恢复了平静，把红色千纸鹤放进了自己的大衣口袋里。

死灵看到这一幕，对着林茶笑了："记得去看里面的内容，虽然我也不知道黑暗之主会不会给你看。"

死灵说完以后，看着这两个人，露出了一个大大的微笑，然后转身离去，深埋功与名。

让他们天天秀，天天秀！仿佛全世界就他们俩有好朋友，其他人都没有一样！

好像……的确也是这样。

# 第五章
## 甫川的记忆

死灵离开前笑得实在是太像电视剧里的坏人阴谋得逞的样子，林茶觉得这人简直就像神经病，于是戳了戳闵景峰，说道："他是不是傻了？"

闵景峰没说话，看了一眼那边死灵离开的方向，捏了捏口袋里的千纸鹤。

闵景峰变化这么大，林茶怎么可能没有反应过来，她立马说道："那个千纸鹤里面是什么？你别当真，这很明显就是他们的阴谋，他就是想要挑拨离间我们。"

闵景峰"嗯"了一声，结了账，说道："你……想知道我们以前的一些事情吗？"

很明显，闵景峰这里所说的以前的一些事情，不是指他们俩以前的事情，而是指人类守护者林茶和黑暗之主以前的事情。

林茶心里其实已经有了这样的猜想，因为死灵想要挑拨离间，利用他们以前的事情是最好的挑拨方式。

她开口说："不知道也没关系，闵景峰，你是你，黑暗之主是黑暗之主。我觉得我能够分清楚。"

怎么会分不清楚，闵景峰是林茶一路走过来最好的朋友，是可以把后背交给他的朋友，是不用担心他会伤害自己的好朋友。他们一起面对了这么多的事情，林茶从对这个世界懵懂无知，到现在游刃有余地应付所有突发情况的这段时间，闵景峰都一直陪在她身边。

林茶握住了他的手，说道："你要对我有信心，也要对你自己有信心。"

闵景峰被林茶握着手，回忆起了刚才看到的千纸鹤里的记忆。

他曾经谋划着让人类一次又一次地杀掉人类守护者林茶，黑暗之主是没法亲自对人类守护者动手的。

他看着林茶一次又一次地流泪、绝望、受伤，直到想要和他同归于尽。

他看到了一个人类男人守护在林茶的面前……

闵景峰看到自己杀死了那个人类男人，同时也被那个男人杀死。

那还是人类守护者时期的林茶的记忆，那是记录了人类守护者和黑暗之主的恩怨的记忆，原来所谓同归于尽的真相是这样的。

闵景峰能够感受到林茶的悲怆和对黑暗之主的仇恨。

她恨他，她只想和黑暗之主同归于尽，宁愿变成只有几十年寿命

的人类,也要拖着他一起死。

闵景峰想起了林茶曾经说过丢失了的千纸鹤,这是其中的一只,这一只记载了黑暗之主如何死去的记忆。

那么剩下的千纸鹤肯定也记载了人类守护者林茶当时的一些记忆。

闵景峰看了看主动带他进意识世界的林茶,以前他们恨不得对方死无葬身之地,而现在,他们把彼此放在心里最柔软的地方。

林茶说,要相信他们两个人之间的感情,要相信她,要相信自己。

闵景峰此刻不知道该怎么办,他希望自己能够相信自己,可是此刻两个人之间的处境让他很为难。

"你还在想这个事情吗?"林茶从地上捡了一个大大的雪球砸在闵景峰的身上,"不要想了,快点做饭,我要饿死了!"

闵景峰回过神来,固执地问:"你不想知道这个红色千纸鹤里面的内容吗?"

林茶:"想……"

刚才去堆了雪,手上凉飕飕的,林茶故意把手塞进了闵景峰的脖子里取暖,说道:"我要是不知道,你永远都会把这个事情放在心上,死灵给你的千纸鹤里无非就是我们以前的一些记忆,你别太放在心上。"

林茶早就遇到过让她震撼的事情,当时刚知道闵景峰是黑暗之主后不久,她就直接以受害者的身份看到了黑暗之主是如何伤害小女孩一家人的。

所以现在什么记忆对她来说都是一样的。

闵景峰心里被林茶这个说法暖了一下。林茶说得对，他的确可以做到不给林茶看，但是如果他现在不给林茶看，那么这个事情就会被他们一直放在心上，无法忘记。

闵景峰看着林茶，心里还揪着另外一个事情，就是那个被杀的男人："茶茶……"

林茶的手被暖回正常温度了，见闵景峰好看的脸就在面前，她忍不住摸了一下他的脸，说道："闵景峰，我一直没跟你细说我的猜测，其实我觉得你可能不是黑暗之主，通过我知道的一些事情，这个可能性还挺大的，想想看，一方面你心思单纯，哪怕是身处泥沼，你依旧保持着一颗赤子之心，另一方面，你从小到大，实在是太倒霉了，你倒霉的程度让我觉得这是有人有意为之。如果你是黑暗之主，不应该经历这样悲惨的事情。"

闵景峰不太敢把林茶的猜测放在心上，毕竟这种希望太过于渺茫了，很容易落空。

不过他还是从兜里把那只红色的千纸鹤拿出来，递给林茶。

闵景峰在递出去的那一刻，心越跳越快，仿佛要爆炸了一样，他不知道如果林茶说了什么，他要怎么办……

他……其实依旧可以活下去，他可以回到以前那样的生活。

一个人吃饭，一个人上学，一个人回家，一个人睡觉。

一个人安静地坐着想事情，那时他不曾明白一个人的心被填满了是什么感觉，现在他回归一个人的生活等于是要挖空他的心，到时必然会痛得鲜血淋漓。

闵景峰看着林荼正在查看那段记忆,手有点抖。

林荼也愣住了,她以前只知道原本作为人类守护者的她和黑暗之主同归于尽了,她只知道结果,但是不知道具体发生了什么事情。

林荼现在终于看到了。

林荼看到了自己被黑暗之主抓到了,看到了自己被黑暗之主陷害,被人类一次又一次地伤害。

原来最后……并不是她和黑暗之主同归于尽了,是一个人类和黑暗之主同归于尽了。那个人类,林荼认识,她是认识的。

就是上一次那个老婆婆的大孙子,那个叫作甫川的男生。

这段记忆没头没尾的,关于甫川的部分基本上没有多少,除了最后甫川出现的场景。

林荼很确定甫川只是一个人类,不知道他怎么做到和黑暗之主同归于尽的。

林荼从红色千纸鹤幻象里出来,看到闵景峰紧张的样子,忍不住握了握他的手:"没事,你先做饭,我出去查点东西。"

闵景峰听话地去做饭,走到一半,又问道:"你走了以后会回来吗?"

林荼忍不住敲了敲他的脑袋:"你想什么呢?你现在在我的意识世界里面,我要是不回来的话,是要把你关在这里一辈子吗?"

闵景峰脸上露出了笑容。

林荼出来以后,立马去了单纯和善良那里,找到了当初甫川的全部千纸鹤。

她以前粗略地查过甫川的千纸鹤,只看到甫川从小过得非常辛苦,后面长大了还是依旧有记忆千纸鹤飞入意识世界,只是他成年以后的千纸鹤缺少了很多内容,只能让人感受到一些强烈的情感。

林茶再一次探查了甫川的记忆千纸鹤,这一次林茶看得比之前更加仔细。

林茶早就发现,以前作为人类守护者的她很喜欢守护那些没有人疼的小孩子,从小过得很辛苦的甫川也在林茶的守护范围之内。

林茶在记忆千纸鹤里面找到了以前的自己的蛛丝马迹,比如说偷偷给小甫川的被子里多加一点棉絮,让他不要冻着了,比如说调皮的小甫川从树上摔下时,她偷偷接住了他。

再比如说他屋子里出现毒蛇的时候,林茶会现身驱赶毒蛇。

当然很快就离开了。

甫川却记住了她。

然而让林茶觉得奇怪的是,后面的甫川经常自言自语,仿佛在和她说话一样,可是又从未提到过她。

林茶总觉得甫川自言自语的内容是说给自己听的,更重要的是,林茶觉得记忆像是断层了一样。

后面的千纸鹤里的信息越来越少了,直到甫川跟黑暗之主同归于尽。

不对劲,甫川后期还有一个心上人,这人为什么会没有半点影像?

甫川的这些记忆千纸鹤不可能是完整的,如果是完整的,那要怎么解释甫川连自己心上人的样子都勾勒不出来？只能让人感受到他炙热的情感。

林茶结合自己现在知道的这些事情，大概推论出甫川的记忆千纸鹤已经被动过手脚了。

唯一能够对这些记忆千纸鹤动手脚，并且有动机的人，就是原本的她，也就是林茶自己。

林茶猜测应该是她抽掉了能够暴露出她违背了人类守护者守则的记忆，所以记忆千纸鹤里面很多内容都是缺失的，如果不是她仔细察看，也不会发现这些漏洞。

只是被抽掉了的那些内容，她没有办法知道里面到底是些什么。

有可能是那段时间他们变成了朋友，也有可能在那段时间里，她培养了甫川，所以甫川才能为了她跟黑暗之主同归于尽。

不管是哪种可能，林茶心里都觉得堵得慌，甫川原本应该拥有平平稳稳的人生，可以恋爱结婚生子，拥有平凡人的幸福，但是他却被她连累，早早地死去了。

林茶看着记忆千纸鹤里面的甫川，能够感受到他对生活的热爱，对爱情的向往。虽然他一直很孤单，却有一颗炽热的心。

林茶看了一会儿，想起了他的一生，想起了他不被重视的童年，想起了他小时候还要带另外一个孩子，想起了他失踪以后，再也没有人记得他。

谁也不知道他死了，不知道他死得如此悲壮，甚至……她这个最应该知道的人都不知道。

林茶心里更加难受了。

她最怕的就是这种事情了。

死灵这招果然毒,哪怕她此时心里怀疑闵景峰并不是黑暗之主,可是知道了她曾经欠下的人命后,她很难毫无芥蒂地面对闵景峰。

哪怕是这样,林茶也得回去,回去的时候就看到闵景峰已经炒好菜,坐在桌子前等着她了。

林茶坐了过去,闵景峰问:"你……找到了想要找的信息了吗?"

林茶点了点头,闵景峰把筷子递给了她,说道:"是找那个人类的信息吗?"

林茶点了点头,突然没有心思吃饭了。

林茶并没有表现出来,她一边吃饭,一边跟闵景峰说:"他的记忆千纸鹤里的记忆不完整,所以我还是没有查清楚到底是怎么回事。"

闵景峰拿着汤勺的手顿了一下,说道:"嗯。"

他心里也不知道怎么回事,只觉得很难过,说不出来的难过。

如果他可以选择的话,怎么都不会选择让自己当黑暗之主。

闵景峰从来都不想当所谓的黑暗之主,从来就没有想过。

没遇到林茶之前,他就想安安静静地过完这糟心的一生,遇到林茶之后,他也只想安安静静地跟林茶一起过完这一生。

外面依旧是冰天雪地,寒风呼啸。小木屋有点小,小得仿佛两个人呼吸的都是彼此的气息。

林茶在没有见到闵景峰的时候会担心自己迁怒他,可是只要她一见到闵景峰，就对他升不起半点愤怒。

因为闵景峰的确什么都不知道，这和他以往的背锅经历简直一模一样。

他什么都没有做，依旧还得背锅。

林茶很快就调整过来心态，只是她心里对另外一个人更加内疚了，那便是甫川。

林茶决定研究下能不能恢复甫川千纸鹤里的记忆，她现在没办法让人复活，也只能看看能不能从甫川过去的记忆里找点线索，能不能补偿对方。

小木屋里是有一个床的，半夜，两个人听着外面的寒风呼啸声，林茶对闵景峰说道："你要不要回去睡觉？这边风声好大，你会不会睡不着？"

闵景峰摇了摇头，说道："我今天其实也睡不着，我看看书，顺便帮你给壁炉添柴。"

林茶想了想，也就由他去了。

她继续查看资料，甫川的记忆千纸鹤特别多，感情特别强烈的千纸鹤大多数都缺失记忆内容，反而是一些鸡毛蒜皮的小事都很完整。

这些小事查找起来特别费时间，林茶查看的时候不能太快速地掠过，担心自己会错过一些细节，所以花了很久的时间。

闵景峰一直以来都习惯性地帮助林茶，但是这次他却没有帮忙，闵景峰考虑到这是林茶的工作，他得避嫌，于是他真的就一直在林茶旁边看书，顺便往壁炉里添加一些柴火。

林茶此刻正闭着眼睛，可能查看的记忆千纸鹤里面的记忆是快乐的，林茶嘴角也露出了笑容。

　　闵景峰看不到她所经历的记忆内容，感受不到林茶所感受的情绪，突然就莫名地为这个原因而感到烦躁起来。

　　林茶此刻明明就在他的身边，他却不知道她正在经历什么，是什么样的心情。

　　那些花花绿绿的千纸鹤在空中飞来飞去，闵景峰看了千纸鹤一会儿，又回过头看向林茶。

　　她依旧在认真地查看记忆千纸鹤，这时突然有一只千纸鹤径直向他飞了过来。

　　闵景峰愣了一下，紧接着就感觉到了那只千纸鹤径直撞到他的额头。

　　闵景峰还没来得及吐槽这个千纸鹤是不是感应方向的能力有问题，紧接着就感觉到了甜蜜的情绪。

　　千纸鹤的主人正是那个他在红色千纸鹤里面看到的男人的小时候。

　　那个能够与黑暗之主同归于尽的男人。

　　只是那个时候他只是稍稍看到了那段经历，不像现在，他是实实在在地在感受别人的记忆。

　　阳光穿过树叶之间的缝隙，投在了地上，变成了一道一道的光斑。闵景峰看到林茶接住了从树上摔下来的半大的男孩子，拍了拍他的头，说道:"小心点。"

男孩子傻乎乎地看着,过了好一会儿才不敢置信地说道:"我见到神仙姐姐了……"

闵景峰没有被千纸鹤里的情绪冲击,他以旁观者的角度看着男孩子虽然过得清苦,但是时不时地会出现各种来自"神仙姐姐"的小惊喜。

男孩子咋咋呼呼的,很活泼,在林茶说了不能跟别人说她的事情以后,就为她保守好了这个秘密。

冬去春来,男孩子变成了少年,慢慢地成年了,性格也变得沉稳了起来,话越来越少,在看到林茶的时候,眼神越来越清亮。

闵景峰看着林茶没事的时候会来监督这个男孩子做作业,他们像朋友一样地相处着。

闵景峰能够感觉到少年心底对林茶的爱慕,那爱慕的感受让闵景峰都觉得很甜,他的心却像是被封在了蜜罐子里面,甜,却透不过气来。

少年很隐忍,始终没向林茶告白,没有半步逾越的行为,只有他自己知道,他喜欢上她了。

曾几何时,闵景峰一直很好奇,所谓的喜欢到底是怎样一种情绪,因为父母之间的感情导致他觉得这种感情很不稳定,此刻,他才发现这种少年的喜欢的情绪,对于他来说并不陌生。

闵景峰近乎自虐地感受着这一切,安静地看着这一切。

少年似乎没有想过告白,他只是安静地守着林茶,当发现林茶遇到危险后,第一时间去找林茶,当所有人都不相信林茶时,他依旧站在林茶身边……

少年被人伤了，林茶抱着他一直哭一直哭……

闵景峰在旁边看着，突然听到林茶叫他。

他从千纸鹤幻想里出来，林茶看着他问道："你没事吧？这只记忆千纸鹤里面有什么？你怎么皱眉皱得这么紧？"

闵景峰愣了一下。

林茶提到过，那个人的记忆千纸鹤有很大一部分记忆是缺失的，闵景峰觉得林茶在找的那部分缺失记忆，就是在这个记忆千纸鹤里面。

他只要销毁这个记忆千纸鹤，林茶就永远都不知道这里面的事情了。

那些他没有出现过的岁月，那些属于林茶跟另外一个人的岁月。

闵景峰犹豫了一下，还是拿出了千纸鹤递给林茶，说道："这里面有你想要的。"

他说出这句话时，脸上无悲无喜。

或许是记忆里的那份隐忍而纯粹的感情，让他想到了自己。

也许是林茶对他的信任，林茶觉得他是一个彻彻底底的好人，一个彻彻底底的好人做不出来这种事情。

林茶听到闵景峰这样说，有点高兴，赶紧查看这个记忆千纸鹤里面的记忆，结果却让人有点失落——

这个千纸鹤是她前面已经查看过的，里面只是记载了甫川有一个心上人，是以记录那种情绪为主，并没有太多的实际内容。

林茶看向闵景峰，说道："这个记忆千纸鹤我已经查看过了，这里面的记忆是残缺的。"

闵景峰也没有多想，只当是林茶在查找的和他想象的不一样，是他猜错了。

只是林茶查看了这里面的记忆，那——

闵景峰犹豫了一下，还是没有问林茶看到记忆里的那些事情是什么感受？

他心里其实更想知道以前的林茶喜不喜欢那个人？

其实是喜欢的吧？如果不喜欢，那么多人类中，为什么林茶单单对他不一样，如果不喜欢又怎么会在他死后哭得那么伤心。

闵景峰和林茶曾经被人误会过很多次他们之间的关系，以前闵景峰并没有多余的想法，可是现在他发现……自己的心和那个暗恋林茶的少年的心一模一样。

他心里彻悟的同时，也明白自己已经出局了。

林茶怎么看都看不到千纸鹤里面缺失的那部分记忆，第二天她再一次去找了单纯和善良，虽然这两位是真的缺心眼儿，但是她们还是知道一些事情的。

林茶问道："记忆千纸鹤里面缺失的记忆是怎么回事？能不能找到办法恢复被删除的记忆？"

林茶原本的猜测是她自己删除了记忆千纸鹤里面的一部分记忆。

单纯和善良说道："记忆千纸鹤里面的记忆没有办法删除，上面的人会来查看记忆千纸鹤的。"

林茶对于这个说法非常惊讶，说道："怎么会？"

单纯说道:"茶茶,如果记忆千纸鹤里面的记忆能够供我们删除,那么上面永远都查不到我们做出的出格的事了,只要我们把它删掉就可以了。"

林茶:好有道理……

"那为什么记忆千纸鹤里面很多记忆是不连续的……"

林茶这话刚说完,她就反应过来了,她当初认为是自己在甫川面前的行为违反了人类守护者的规定,于是自己删除了千纸鹤里面的某些记忆,以此来保证自己不会受到惩罚。

现在林茶确定了她没有删除的权限后,那么很有可能是她跟甫川说了什么,甫川自己把自己的记忆弄零碎了。

单纯接下来的话印证了她的想法。

"有一些人类能够做到这一点,他们能够做到封锁掉一部分对于他来说很隐私的记忆,你查看这样的记忆后就会发现,记忆是间断、不连续的,很有可能还会缺失某个人的信息。"

林茶:"我能够强制性查看这段记忆吗?"

"不能,他们也是有隐私权的。"

林茶心想,他们哪儿来的隐私权?

不过也是,他们把记忆上交过来的时候就默认放弃这部分记忆的隐私权,但是人家都上锁了的部分记忆,说明没有放弃对这部分的隐私权。

林茶叹了一口气,看来自己是不能查看了。

林茶准备回家看看,她随手给闵景峰发了信息:"我先回家,晚

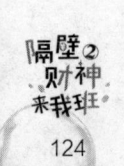

点来跟你会合。"

闵景峰很快就回了信息:"好的。"

林茶发现这样真方便,她不用再担心闵景峰自己一个人待着的时候会被死灵和物理老师联手欺负了。

因为闵景峰现在算是住在世界上最安全的地方,只是她的意识世界里大雪茫茫的,干什么都不太方便。

林茶有种自己囚禁了闵景峰的感觉……

不过闵景峰现在确实很安全,他以前一个人住习惯了,所以并没有不适应这里的环境。这个小木屋是林茶童年时幻想拥有的地方,他时不时地还能在小木屋里面找到意外的惊喜。

只是……小木屋里面还有一些甫川的记忆千纸鹤。

闵景峰原本不想看,但是一个人无聊的时候还是看了。

他大概地了解了这个人的一生,闵景峰不清楚林茶在找的缺失的隐藏信息是什么,闵景峰没事干,干脆把人家的一生看了两遍,还是没有看出任何隐藏信息来。

反而看出来一个事情——

他不恨甫川,反而同情甫川。

甫川从头到尾都没有说过喜欢以前的林茶,没有告白过,一直很安静,因为他是人类,他只是一个人类。因为他只是人类,所以他明白自己和林茶的差距,他的一生,对于林茶来说只是一段短暂的时光而已。

闵景峰心里想,同情甫川只是因为自己也感同身受,他此时同样也不能说出来,因为现在他和林茶的关系已经够复杂了,他不能再添乱了。

林茶这两天不睡觉也要找到的线索,应该是甫川能够跟黑暗之主同归于尽的线索吧。

闵景峰猜测,林茶应该是想帮甫川报仇吧?

他现在摸不准自己到底是不是黑暗之主了,他当然希望自己不是。

闵景峰突然反应过来,林茶会不会是在找这方面的事情?于是他再一次去查看了甫川的记忆,想要从那些记忆中找到一点线索。

林茶在家里住了一个晚上,第二天一大早来小木屋的时候发现闵景峰一个人在雪地里堆雪人。

林茶走近后看到闵景峰堆起来的歪歪斜斜的雪人,上面还插着两个木棍。

闵景峰对她说道:"我昨天帮你查找了一下甫川的记忆,找到了一点线索,你看一下对你有没有用?"

林茶有点惊讶:"什么线索。"

"你提到过的,一般人只有在十六岁之前的记忆千纸鹤才能飞来意识世界,可是甫川十六岁以后的记忆千纸鹤依旧能够回到意识世界。"

林茶一听这话,立马认真起来,因为林茶也研究了很久这个事情,但是都没有研究出原因。

闵景峰把甫川十六岁那年的记忆千纸鹤拿出来,说道:"他是在

这一年喜欢你的,也是从这一年开始,他的记忆开始缺失了。"

就是这段记忆中只留下了他的感情,里面的很多实际内容被他删掉了。

林茶一脸蒙地看着闵景峰:"等等,你刚才说什么?"

闵景峰重复道:"从这一年开始,他的记忆开始变得断断续续的……"

"不是这个,你刚才说他喜欢谁?"

闵景峰心猛然痛了一下,面上却是故作轻松地说:"你呀。"

林茶表情有点扭曲,一字一句地说:"他……喜欢的人……是我?"她快速地冷静了下来,"你怎么知道的?"

闵景峰听到林茶的询问,有点奇怪地说:"我在记忆千纸鹤里面看到的。"

林茶觉得奇怪,记忆千纸鹤里面的记忆残缺得太厉害了,前期基本上是一些零零碎碎的日常事情,后期的记忆大多数只能让人感受到其中的感情,没有什么具体的内容,闵景峰怎么会得出这种结论?

"不会吧?"林茶说,"他记忆里面的'我'都没有出现过两次。"

最重要的是两个人刚开始认识的时候,是"林茶"接住了从树上掉下来的小孩子甫川,虽然后期"林茶"很照顾甫川,可是两个人怎么都像是长辈与后辈。

至少从林茶的角度看,两个人压根儿不能算是同龄人,怎么也跟爱情扯不上关系。

闵景峰听到林茶这样说,心里不太好受,可还是说道:"他的后期记忆里基本上都是跟你有关的事情。"

林茶这个时候发现问题所在了，说道："你看到的记忆千纸鹤内容跟我看到的不一样。"

林茶并没有觉得闵景峰骗了自己，她在这些方面是毫不犹豫地相信闵景峰的。

林茶说道："我们俩看到的记忆内容不一样，我看到的是残缺部分，所以我不知道他喜欢的人是谁。"她只能感受到记忆携带的炙热感情，所以知道甫川应该是有了喜欢的人。

闵景峰心里像是被什么东西重击一下，他这算是帮别人告白了？

林茶原本很想知道甫川喜欢的人是谁，她想要找到那个姑娘，看她过得好不好……

现在，林茶觉得更加亏欠甫川了。

两个人就这样坐在小木屋里，坐在壁炉前，都没有继续说话。

这次死灵还是从一定程度上打击到了两个人之间的感情。

外面的雪已经停了，林茶泡了一杯热茶，递给了旁边的闵景峰。

过了一会儿，闵景峰开口说道："怎么办？"

"不知道。"林茶其实在思考另外一个问题，为什么她看不到全部的记忆，闵景峰却可以？

林茶查了一下资料，但是并没有翻到有用的信息。她看着闵景峰，说道："这是死灵的阴谋，我们不要自乱阵脚，你现在先看物理书。上学期期末考试，你物理错了好多题。"

闵景峰心想,现在是说这种事情的时候吗?

林茶越想越觉得对不起甫川,尽管她不太记得这个人了。

也正是因为如此,她才更加觉得对不起甫川,甫川为她付出了生命,可她却把他给忘记了。

甫川是人类,和黑暗之主同归于尽之后,他没有重新获得生命的机会,她和黑暗之主却有。

偏偏闵景峰有一半的可能是黑暗之主,可她面对闵景峰的时候却提不起半点对他应有的仇恨,因为跟她接触的闵景峰实在是个善良的人。

林茶想到这里,心里就非常难过。

林茶也不明白为什么闵景峰能够看到补全的记忆千纸鹤,她却看不到。

旁边的闵景峰此刻在看物理书,但是实际上看进去的内容很少,他心里和林茶一样都在记挂着这事。

他看了看书,又抬起头看看旁边的林茶,此时已经晚上十点半了,林茶丝毫没有要睡觉的意思。

闵景峰犹豫了一下,还是开口说道:"如果我变成黑暗之主,你会高兴吗?"

林茶转过头,看着闵景峰:"你怎么会有这样的想法?"

闵景峰没有对上林茶的目光,他的视线盯着壁炉里像是在跳舞的火苗,开口说道:"如果我们不是朋友,或者如果我变成了黑暗之主,你就有报仇的对象了,不会像现在这样上不上下不下。"

如果不是因为此刻的闵景峰还是林茶的朋友,林茶完全可以选择报仇,可是他们之间的感情导致了林茶只能处于这种不尴不尬的处境。

林茶看着闵景峰:"我越来越不相信你是黑暗之主了。"她在意识世界中专门查过黑暗之主的资料,那是一个从来没有把生命当回事的恶魔。

可是,此时的闵景峰依旧在为他人考虑,这两个人怎么可能是同一个人?

闵景峰听到林茶说不相信他是黑暗之主,他自己又何尝不是这样希望的。

林茶说道:"我们一定会想到解决的办法,你最近多看看书,过了年就又要开学了,以后我们还得一起读大学呢。"

闵景峰:呃……又转移话题。

不过的确过年的气息越来越重了,哪怕是单纯和善良所在的意识世界都已经开始贴对联了。

林爸爸一直调侃林茶春节都不放假的事情,因为临近春节,林茶比平常更加紧张。

林茶已经做好了要跟死灵他们在过年期间来一次比较大的冲突的准备,没想到接下来几天里,无论是死灵还是物理老师都非常安静,尤其是死灵,这段时间都没有出现了,仿佛回家过年了一样,就妒灵时不时地做一点无聊的事情。

对于妒灵的那些小心机小手段,林茶大多时候都不在意,毕竟妒灵对他们也没有赶尽杀绝的意思,像妒灵使出的扩大人嫉妒情绪的小手段，只要不是做得太过火，林茶都可以容忍。

在所有人忙着过年的时刻，林茶反而轻松下来，没什么事情可以干了。

林茶干脆开始追查一直以来都没有空去查的剩下的红色千纸鹤，顺便监督闵景峰的寒假作业。

## 第六章
### 不被黑暗浸染的灵魂

"闵景峰,这个题你再想想。"林茶检查作业时,圈了几个题出来。

闵景峰在接过练习册后,发现林茶虽然失去了作为人类守护者时的记忆,但是很多习惯都保留了下来,比如说指导人写作业。

林茶指导人写作业的样子,就跟他从记忆千纸鹤里面看到的样子一模一样。

等等!

闵景峰突然觉得有什么不对劲。

"甫川的记忆千纸鹤还在你这里吗?我想看一个事。"

千纸鹤自然是在她这里的,林茶点了点头。

林茶虽然不知道闵景峰要看什么,但还是把甫川的记忆千纸鹤递给了闵景峰。

闵景峰接过后，快速地找到了甫川的那段记忆——

闵景峰的关注点并不在甫川的感情上，而在于甫川的练习册上。

闵景峰皱起了眉头，甫川的练习册上面被勾出来的题和他的一模一样。

闵景峰愣住了，怎么会？难道是自己进入了这个记忆千纸鹤后，潜意识受到了记忆千纸鹤里面的记忆的影响？

那自己心底的感情，是否是因为在记忆千纸鹤里面看多了别人的记忆，受到了别人感情的影响，所以才会产生相似的感情？

是幻觉吗？闵景峰摇了摇头，不对，不是幻觉。

闵景峰出了幻象后，并没有把这个事情告诉林茶。

两个人就这样继续赶作业，毕竟过了年后很快就要开学了，她们刚放假的时候，压根儿没怎么做作业，现在堆了一大堆作业。

尽管作业都有参考答案，但是他们两人一个不愿意抄答案，另一个人的参考答案被撕了。

对的，闵景峰的所有习题册的参考答案都被林茶撕了。

两人就这样赶了几天作业，算得上是岁月静好，作业成堆了。

现实世界中也到了过年的当口了，林家的两位家长都回家了，林茶也得回家，不能继续在外面住了。

"我大概明天才能过来……"林茶说道。

为了安全起见，闵景峰依旧住在小木屋，林茶其实有点愧疚，因为小木屋太小了，而且外面的风声也很大，林茶其实很想在这里面再造一个房子的，但是她怎么都造不出来另外一个。

闵景峰倒是不嫌弃,他其实住过比这里还差的地方,并没有觉得这里环境恶劣。

"嗯,你去吧,我在这里继续做作业。"

菜买好了,林茶还买了好几大袋汤圆,埋在雪地里面,等大年初一的时候他们可以煮着吃。

因为这里没有冰箱,所以他们就把这些需要冷藏的食物埋在外面干净的雪里面。

林茶走了后,闵景峰并没有继续坐在壁炉前烤火看书,而是走出了小木屋,走在了厚厚的积雪中。

他其实需要一个安静的环境,想想现在的情况。

甫川的记忆千纸鹤里面的内容,不停地在他的脑海里出现。

为什么他错的题会和甫川一样?为什么他可以看到甫川千纸鹤中的记忆?为什么他有林茶的财神光环?前世和黑暗之主同归于尽的甫川是否和黑暗之主有了什么联系?

他心里很纠结,纠结到底该怎么办。

雪花飘飘洒洒地落下,闵景峰在雪地里躺了下来,耳边能够听到雪被自己挤压后发出的声音。

紧接着,世界安静了下来。

他承认,他现在所有躁动不安的情绪都来源于同一个原因——

他是如此地希望自己不是黑暗之主而是甫川。

他终于光明正大地思考这个问题了,从林茶无法从记忆千纸鹤里面获取甫川的记忆,而他可以时,他心里就埋下了一颗种子。

到后面，他发现他跟甫川做错的题一模一样时，这颗种子便在心里慢慢地发芽。

闵景峰再联想到他小时候的经历，联想他从小不顺利的生活，联想甫川和黑暗之主同归于尽的事情，有没有可能中间出现了什么差错？导致所有人都认为他是黑暗之主。

正因为太渴望这个答案了，闵景峰想都不敢多想，他怕得到否定的答案。

闵景峰穿着厚厚的羽绒服躺在雪地里，等雪花慢慢地将他掩埋。

危机出现的那一瞬间，闵景峰突然闪开了，只见他刚才躺着的地方出现了一个大洞。

闵景峰站起来，这里是林茶的意识世界，按理说这里应该是绝对安全的。

然而，他抬起头的时候，看到一个跟自己长得一模一样的人。

"原来你并不像我想象得那么笨。"男人开口说道。

"这是林茶的意识世界，你为什么会进来？"

"按理说你不应该先问我是谁吗？"黑暗之主看着这个人，开口说道。

一定要废话这么多吗？

黑暗之主身上的黑气开始蔓延，脚下的雪已经慢慢变成了黑色，闵景峰不太明白黑暗之主为什么会突然出现。

闵景峰能够敏锐地感觉到现在的情况非常不妙。

闵景峰同样也是有财神光环能力的，他一手拍在了雪地上，想要用财神光环的能力抵抗黑暗之主的力量。

果不其然，原本已经变黑了的雪地一点一点地变回了白色。

闵景峰松了一口气，他看着那个跟自己长得一模一样、眼神带着杀气的男人，心情莫名复杂了起来。

他一直都希望自己不是黑暗之主，现在真的知道了他不是黑暗之主后，还是开心不起来。

真正的黑暗之主出现了，这象征着林茶的敌人出现了，而且敌人对他们不会手下留情。

那边的黑暗之主看到闵景峰把雪地一点一点变白，愣了一下，看着闵景峰的光环，忍不住暴躁了起来："蠢货，你知不知道你现在在做什么？"

闵景峰加大了力度，他其实不怕这个黑暗之主，因为在这之前，黑暗之主都没有出现杀他，说明对方没有能力杀他——黑暗之主如果实力强大，那么他一个冒名顶替者也不会蹦跶到现在。

黑暗之主眼见着黑色褪去的速度越来越快，气急败坏道："你被林茶利用了这么久，还不醒悟吗？"

闵景峰压根儿没把这话当一回事，依旧继续净化雪地。

这是林茶的意识世界，如果她的意思世界被黑暗之主污染，闵景峰不确定会不会影响她本人。

雪地里面的黑气越来越少，闵景峰心里倒是松了一口气，看来自己并没有猜错，尽管黑暗之主拥有黑暗之力，但是黑暗之主现在能力被大幅度限制，压根儿没有办法对他下手。

黑暗之主见闵景峰丝毫不为所动，甚至都没有开口问他，什么叫作被人利用，他只得自己开口说道："你知道为什么光环在你身上吗？"

闵景峰没搭理他，继续净化这里面的黑暗。

黑暗之主也不是第一次遇到这种情况，毕竟他以前就跟闵景峰打过交道，已经很熟悉闵景峰了，于是他自己说道："这个光环只有人类守护者才能承受，作为人类之躯无法承受，你说这个光环为什么会在你身上？"

黑暗之主的意思就是林茶身为人类守护者时可以承受这个光环，后来她变成了人类后就无法承受光环了，现在这个光环在同为人类的闵景峰身上，害得闵景峰受尽苦楚，这不是林茶害的是谁？

闵景峰丝毫没有被这个挑拨离间影响，抬起头来，说道："为什么？大概是因为我乐意吧。"

黑暗之主被这句话气得身上的黑气都加了一倍的浓度。

这时，外面的林茶同样很不好过，她心里莫名觉得很不舒服，充满了愤怒。她不知道这愤怒从何而起，反正就是那么一瞬间，她觉得看什么都不顺眼。

好在这样的情况很快就有了缓解，林茶正准备回意识世界时，爸妈叫她去吃汤圆。

林家还是保留着传统的过年习俗，每年过年都要吃汤圆，代表团团圆圆。

虽然两个孩子都不缺钱用，但是每年过年的时候还是会给他们发压岁钱。

林茶吃着汤圆的时候,听着团团圆圆的话,想起了孤零零一个人在小木屋里的闵景峰,有点心疼他。

"阿姨,还有汤圆吗?"林茶问了问做饭的阿姨。

"还有,茶茶还想吃吗?"

"我自己去盛。"林茶一溜烟跑了过去,盛了一碗汤圆出来。

林茶趁着大家准备睡觉时,赶紧去了意识世界。

林茶刚到意识世界就觉察到不对劲了,小木屋内没有灯光,连微光都没有。

平时闵景峰即使睡觉了也会留一盏灯给她。

林茶蹑手蹑脚地走向小木屋,敲了两下门:"闵景峰,你在不在?"

很快就有人来开门了,是闵景峰。

林茶觉得有点怪怪的,把热腾腾的汤圆递给了他:"旧年的最后一天快乐。"

原本林茶是想叫闵景峰到她家一起过年的,但是闵景峰说他不习惯。

他说得很认真,林茶就没有多坚持。

虽然她跟闵景峰关系要好,但是闵景峰在旁边看着他们一家人团团圆圆,难免会触景伤情。

闵景峰接过汤圆,说道:"你怎么突然过来了?"

"过来陪你过旧年的最后几个小时。"

闵景峰端着汤圆在旁边吃了起来,心里在犹豫要不要告诉林茶自己的身世。

这样的犹豫只维持了几分钟,他就下定决心了。

"汤圆很好吃。"闵景峰夸赞了一下汤圆,然后顺带说,"我真的不是黑暗之主,我今天见到他了。"

"那是当然……"林茶突然站了起来,表情带着狂喜,"你刚才说什么?我没有听错吧。你见到谁了……"

"黑暗之主。"闵景峰脸上的表情特别淡定,但实际上内心活动是什么样子的,就不得而知了,"我不是黑暗之主。"

林茶听到这个消息有些不敢相信,赶紧跟闵景峰靠得更近一些,抱着他的胳膊,问道:"你没出什么事情吧?"

不过这依旧是非常大的好消息。

闵景峰开口说道:"他的能力被限制了,所以对我下不了手。"

林茶被这个突如其来的好消息惊到了:"这简直是旧的一年我收到的最好的礼物!"

闵景峰见她这么高兴,忍不住提醒她:"你比我更需要注意安全。"

林茶开口说道:"我不会有事的。"

闵景峰还是把刚才黑暗之主和自己说的话都告诉了林茶。

"黑暗之主说了一个事情,很有可能他会用这个事情来刺激你。"

"什么事情?"

"他一直觉得我变成人类、我身上有光环这件事都是你上辈子设计好的,所以到时候他也会用这个离间我们。"

林茶听到这里,皱了皱眉头,她虽然不知道这个事情的真假,可是有一个问题却是能够确定的。

如果都是真的，那她亏欠闵景峰，也就是甫川太多了。

闵景峰整理了一下她的头发，说道："我把这个事情告诉你，只是希望到时候你不要被他们影响。"

这种事情他宁愿自己告诉林茶，也不希望林茶从别人那里听到，然后大受打击。

小木屋外面的风声依旧很大，林茶犹豫了一下，抱住了闵景峰的胳膊，小声说："对不起……"

闵景峰愣住了，手放在她的头顶，认真地说："没事，你永远都不需要跟我说对不起。"

闵景峰自己都没有证据来证明他身上的光环的来历，但他有种感觉，那就是他不会伤害林茶，过去不会，现在也不会。

以前两个人是志同道合的朋友，林茶对他很信任，现在，他心里更是多了一份小小的甜蜜。

他几乎是百分之百确定，林茶的光环在他这里，是因为上辈子的他暗恋林茶，所以在知道了这个光环会给林茶带来痛苦时，他便直接要了这个光环。

现在的他，光是想想都无法接受发生在他身上的一切发生在林茶身上——

他希望她被父母疼爱，而不是父母斗得你死我活。

他希望她被周围的人喜欢，而不是周围的人看她像看瘟疫。

他希望她有一颗单纯善良的心，而不是对这个世界一次又一次的绝望。

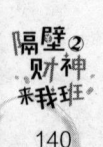

他庆幸这样乱七八糟的人生是他的,庆幸这一切都没有发生在林茶身上,他甚至觉得从来没有这么幸运过。无论这个光环是他当初主动抢过来承担的,还是林茶利用他给他戴上的,他都高兴。

闵景峰这么想的时候,听到了一个声音,很明显,只有他听得到,旁边的林茶听不到——

"愚蠢的人类!我从来没有见过像你这样愚蠢的人类!"

闵景峰听到这话后一点都不生气。每个人的人生都是独一无二,他的人生就这样了,他乐意就成,其他人也没什么资格干涉。

旁边的林茶又难过又觉得心疼,一直以来,她对闵景峰遭受过的一切最清楚不过了,正是因为清楚,才会更加觉得心疼他。

他这一生各种倒霉的事情不断,做好事经常得不到好报,她只经历了几个月就觉得很难承受,他却从小孩子时期开始就一路这样过来的。

现在,林茶知道闵景峰遭受的这一切都是代自己受过,心里怎么可能不难过,她简直恨不得把自己的心掏出来交给闵景峰,来弥补自己的错误。

听到闵景峰说,你永远都不需要说对不起的时候,她的眼泪莫名地流了下来,难受得很。

她没有哭出声,只是难过得眼泪忍不住往下掉。

闵景峰不止一次见过林茶哭,甚至两人刚认识不久,就见过林茶大哭的样子。

他觉得自己的心仿佛被这眼泪烫伤了一样,只能小声哄道:"凭借我们两个人的关系,谁承受这些都是一样的。"

林茶抬起头,泪眼婆娑地看着闵景峰,他眉眼依旧好看,一如两个人最初见面的样子。

"不一样的,怎么会一样。"她宁愿自己承受这一切,也不愿意别人代她受过。

闵景峰摸摸她的头:"我知道你的心情,我知道。"他什么都知道,什么都懂。

外面依旧大风呼啸,在这个温暖的小屋里,闵景峰温声劝道:"现在都过去了,我们不要被这个事情影响,现在先睡一会儿。"

林茶被闵景峰温柔的嗓音哄着,不一会儿真的困了,靠着他睡着了。

壁炉里的柴火发出噼噼啪啪燃烧的声音,仿佛这个小木屋是个温暖的屏障,将外面的风雪隔开。

就像这个世界,寒冷永远存在,可温暖也与之同在。

闵景峰把林茶哄睡了以后,蹑手蹑脚地从旁边的凳子上拿了一张毛茸茸的毯子,小心翼翼地盖在了林茶身上。

看着睡着了的林茶,闵景峰有一瞬间的慌神,仿佛他已经不止一次遇到过这样的场景了。

他闭上眼睛,新的一年了,他过得挺好的。

去年的他,一个人过年,一个人吃汤圆,一个人感受寒冷,今年他身边多了一个人,多了一个让他感知到幸福的人。

就在这时,已经睡着了的人动了动,抱住了他的胳膊,小声嘟囔了一句："闵景峰……"

闵景峰不知道她做了什么梦，也不知道她为什么叫他的名字，可是听到她说梦话都叫自己的名字，心里泛起了阵阵甜意。

"林茶。"闵景峰眼神温柔，"新年快乐……"

他不知道以后的路是什么样的，不知道会遇到什么危险，可是有一点他能够确定，他和林茶会一直这样在一起。

光是想到这一点，他心里便对未来没有了半分恐惧。

第二天，林茶起来的时候眼睛肿肿的，想起昨天的事情，愣了一下，昨天她居然在跨年之前睡过去了。

闵景峰毫不在意地说："明年再在零点的时候跟你说新年快乐。"

对于林茶来说，没有说新年快乐这个事情远远没有以前发生的事情更让林茶在意，她想知道以前的事情，于是林茶立马去找单纯和善良。

因为是在过年期间，单纯和善良也很空闲。

"茶茶怎么了？你眼睛为什么红红的？"

林茶走了过去："这里有没有关于我以前的记忆的千纸鹤？"

单纯开口说道："没有。"

善良也附和地点了点头："的确没有。"

林茶皱了皱眉头，如果她还是之前那个懵懂无知的她，或许会相信她们，但现在的她认识了很多人，同样也学会了很多的事情，不会就这么轻易地被人糊弄了。

"你们确定这里没有我的记忆千纸鹤？你们能够百分之百确定？"

林茶眼睛直勾勾地看着单纯和善良。

单纯和善良点了点头，这一次很明显底气不足。

"有什么我不能知道的事情？"这是林茶唯一的想法。

之前她一直都是听其他人说她以前的事情，说的大多数都是一些她以前帮助人的事情，她觉得自己也了解得差不多了。

可是今天她突然对以前的自己产生了好奇，之前觉得自己应该是一个很称职的人类守护者，可当她知道跟黑暗之主同归于尽的人是闵景峰后，她对自己产生了怀疑，那时的她作为人类守护者，更像是在自暴自弃，放弃了守护人类。

单纯和善良看着她，说道："茶茶，现在也不是知道以前的记忆的时候，马上过完年了，黑暗之主、死灵他们都会有所行动。茶茶，你应该早点准备起来对抗他们才对。"

单纯和善良从来都不适合撒谎，但就是咬紧了牙，怎么都不肯接着说下去。

林茶看了看两个人，心里也知道，从这两个人身上是问不出任何事情了。

林茶安静地想了想，还是觉得自己的确太过于冲动了，她有点担心以前的自己不是什么好人。

她决定给闵景峰自由地进出她意识世界的权利，这样一来，如果她真的是坏人，至少闵景峰不会被她关在意识世界里出不去。

听到林茶这个安排，闵景峰摇了摇头，说道："我也正准备跟你说这个事情。"

林茶有点奇怪："怎么了？"

闵景峰说道："我不能再待在你的意识世界里面了。对于你来说，也太危险了……"

林茶皱了皱眉头，如果闵景峰出去的话，死灵和物理老师肯定会再一次针对闵景峰。想起上一次闵景峰受了那么严重的伤，林茶就后怕不已，她本来就觉得亏欠了闵景峰，真的不能接受闵景峰再受伤了。

闵景峰见她这样，也知道她在担心什么，开口说道："他们不会真的对我下手。"

死灵和物理老师没有办法把光环从他身上取走，更不可能杀了他。闵景峰猜测如果自己死了，光环也会消失。黑暗之主似乎也有其他的不能对他下手的原因。

总而言之，现在双方呈现一个胶着的状态，就看谁先找到突破点了。

在林茶的意识世界里躲起来，然后让林茶去应付外界的这些事情，很明显不是闵景峰的风格。更加重要的是，上一次黑暗之主在林茶的意识世界里能够释放黑暗力量，这让闵景峰心里很不安。

闵景峰很了解林茶，他绝对不能说是为了她才决定出来的，于是说道："接触不到外界，没有基本的人际交流，对人的心理不太好。"

林茶看着闵景峰说话的时候，会莫名地喜欢跟他对视。不知道为什么，林茶越来越喜欢看闵景峰的目光，每次看到就会觉得心里很舒服。

闵景峰这话一说，林茶立马就内疚了。的确，闵景峰住在意识世界以后，她能够陪伴闵景峰的时间很少，大多数时候，都是闵景峰一个人在小木屋里做作业。

闵景峰接着说道:"我并不会有太大的危险,他们三个人现在都没有办法对我怎么样。"如果有办法,他也不可能活到现在。

林茶想了想,也是这个道理,于是就带着闵景峰从意识世界里出来了。

看着已经有了两个人生活气息的小木屋,林茶心里有点不舍,也有点失落。

她其实很喜欢这种时时刻刻都能感觉到闵景峰、能够知道他处于安全状态的心情。

林茶跟着闵景峰一起回了家。

闵景峰已经有半个月没回自己的家了,家里毫无人气。林茶帮着打扫,抬头却发现闵景峰正在看她。

闵景峰注视着她,林茶也看不懂他的眼神,只觉得他看起来很……伤感。

的确是伤感,闵景峰只是突然想起了自己看到过的记忆千纸鹤里面的内容,曾经有一段内容是甫川明白了自己的心意后,想要跟林茶告白,却发现作为人类守护者的林茶正在帮一个小孩子收拾东西。

那一刻,他似乎意识到了自己只是对方认识的无数个需要陪伴的人类中的一个。

她作为人类守护者,会一直这样安静地守护每一个人类慢慢长大,他只是其中非常不起眼的一个。

这样的认知,让初识情滋味的人饱受煎熬。

闵景峰看着林茶收拾房间时，突然想到这个事情，难免被那里面的情绪影响到。

等他回过神，发现林茶近在眼前，她问道："你怎么了？感觉像是要哭了。"

要哭了就太夸张了，闵景峰觉得他跟甫川还是不一样的，他也不会像甫川那样。

很多遗憾是已经深入到灵魂了，所以时时刻刻都在提醒他。

闵景峰说道："只是在想事情。"

林茶没能理解闵景峰在想什么事情，只是抱了抱他："你要知道，无论什么事情，我们是一起面对的。"

两个人一起面对总比一个人孤军奋战好得多。

这时，林茶的手机响了起来。

单纯发来了信息——

"上头来突击检查了！"

林茶突然有种学校宿管阿姨查房的即视感。

她赶紧从闵景峰这边出来，一出来就看到穿着大红裙正走来的妒灵。

妒灵是真的热爱大红裙，大冬天的还穿着大红裙，林茶每次看到她都觉得冷。

因为两个人也算是认识，再加上妒灵也没有做什么伤天害理的事情，所以双方也没有撕破脸皮，林茶还礼貌地跟她打了一声招呼，然后才离开。

"林茶。"

林茶才走两步就听到背后的妒灵叫住了她。

她有点奇怪地回过头:"有事?"

妒灵收回手,神色非常复杂,但还是开口道:"没事。"

林茶没当一回事。

妒灵看着林茶走远,收回冒着黑气的手。她现在算是真正得到了黑暗力量了,然而,现在只是人类的林茶依旧不受她的操控。

明明她有很多让林茶可以嫉妒的事情,可是林茶完全没有被影响到。

妒灵咬了咬牙,心里很不爽,这个时候她已经接到了下一条指令。

妒灵接到来自黑暗之主的第一条指令时,还以为是来自闵景峰的指令,结果很快就发现给她指令的人并不是闵景峰,原来闵景峰并不是真正的黑暗之主。

此刻的闵景峰正在赶寒假作业,虽然过年那几天他都在做作业,但无奈寒假作业实在是太多了,闵景峰一直都没有做完。

他正在尝试计算概率的时候,听到了一个娇媚的声音——

"闵景峰,你在写作业呀。"

闵景峰回过头,看到红衣艳唇的妒灵,淡淡地说:"你中邪了?"

妒灵瞬间被气到,什么叫作她中邪了?

妒灵在闵景峰旁边坐下:"我已经知道了,你不是黑暗之主。"

她伸出手,手上立马出现了一块金砖:"我有强大的力量了。"

她这个动作成功地引起了闵景峰的注意:"怎么做到的?"

"我就是有这个能力,能够将人类情绪释放出来的力量化成金子。"妒灵得意地说。

闵景峰:"……"这非常不科学。

妒灵一手撑着下巴,眼神迷离,看着闵景峰:"我们合作怎么样?我做你的朋友,你只要不干涉我们的事情,你做什么都可以。"

闵景峰淡淡地说:"容我提醒一下,我今年十八岁,而你却是百岁老人……"

在女人面前是真不能提年纪,哪怕这个女人能长生不老,同样也不能在她面前提年纪。

妒灵瞬间黑了脸,想跟闵景峰拼命。

妒灵只能强行压下心里的怒火,赔着笑脸说:"你这是何必呢,你要是和我们合作,你要什么都有了。"

听到这话,闵景峰面上虽然什么都没显露,但心里暗暗记下了一些事情。

比如说他在黑暗之主那里应该还算是有点利用价值,如果他没有价值的话,黑暗之主不至于想方设法笼络他。

更加重要的是,黑暗之主肯定是被什么制约了,要不然也不会用这种态度对他。

闵景峰也不再继续跟妒灵说话,只是安静地继续赶作业。

妒灵被那句百岁老人打击的玻璃心可算是调整过来了,原本以为他是黑暗之主,所以以前面对他的时候一直小心翼翼的,以至于一时之间心态都有点调节不过来。好一会儿后,妒灵琢磨着,这就是一个人类,哪怕他手里有光环,也改变不了自己无论阅历还是学识都碾压对方的事实。

年纪大就是这点好处!

妒灵安慰了自己以后,在旁边撑着下巴,继续跟闵景峰扯淡:"其实你也不必这么针对我,毕竟你当初骗我你是黑暗之主的时候,我没有违背过你的命令,你现在不是黑暗之主了,你看我对你的态度还是很好。"

闵景峰没说话。

妒灵接着说道:"对了,刚才我还见过林茶,她看上去过得还不错。"

闵景峰依旧没搭理她。

妒灵看了看他的神色,继续说道:"林茶以后应该还是能够变成人类守护者,她当初可是她们那个组织的领导最喜欢的一个守护者,为了保护她,她们领导做出了不小的牺牲。"

妒灵慢慢地说出了最重要的一句话:"其实还是当人类守护者好,不老不死。"

这话的含义就是林茶以后还是会不老不死,而着重说了她的年纪的闵景峰却一直都只会是人类。

妒灵说这话的时候,心里是雀跃的,算是还击了一把。

闵景峰愣了一下。此时,妒灵看了看屋外,小心翼翼地把房间门打开,紧接着凑到闵景峰旁边,下巴搭在闵景峰的肩膀上。

下一秒,自己靠着的人不见了。

林茶也是在这个时候进来的,她刚才走出去了一段距离,才意识到妒灵去的是闵景峰家,心里不放心,就又折回来了。

回来的时候,她看到妒灵似乎想要抱抱闵景峰,闵景峰避开了。

见林茶出现,妒灵仿佛被撞破了什么了不得的事情一样,赶紧离开了。

林茶皱了皱眉头,走到闵景峰身边。她向来喜欢直来直去,有什么问什么,可是这一刻,她犹豫了一下,没说妒灵是不是……是不是想跟你……

闵景峰刚才的反应很明显是不愿意,林茶想起了妒灵的动作,心里堵得慌。

"你猜她是来做什么的?"闵景峰故作轻松地说道。

他也是第一次遇到这种事情,面对自己心里在意的人,他不知道该说什么,同样也不知道该怎么做。

林茶强行忽略心里的不舒服,说道:"不知道。"

闵景峰犹豫了一下还是没说妒灵想做什么,总觉得说了是污染了林茶的世界。

他开口说道:"她给我展示了她的能力,想要拉拢我,这应该是黑暗之主对她的命令。"

林茶"嗯"了一声,说道:"我们那边还有急事,我本来过来也是怕妒灵对你有所不利,现在你没事就好,我先过去应对她们的大检查。"说完,她就跑了,想起了以前学校其他人说过妒灵对闵景峰很好的事情。

想来也是，那个时候妒灵是闵景峰的属下，两个人私底下接触得也比较多。

林茶走后，闵景峰又坐回了位置上，继续写作业。

只是这一次闵景峰看着作业本，却看不进去题干了——

林茶刚才的反应似乎很不高兴。

她向来不怎么会掩饰自己的情绪，所以真的是不高兴，是因为看到妒灵的那一幕吗？

可是，按照林茶的性格，就算是看到了那一幕，她也只会很认真地跟他说"你有没有觉得妒灵是想要跟你好"，或者说"不要跟妒灵好，她肯定不怀好意"。

可是她什么都没有说，甚至都没有提妒灵的行为。

闵景峰有种隐蔽的想法，但心里有个声音却在否定这个想法。

可能林茶压根儿不懂，所以没有意识到妒灵想要做什么。

闵景峰按了按太阳穴，放下了笔，这个时候，出现了一个声音——

"你已经知道人类守护者的卑劣，何必继续帮助她，如果我们合作，你想要什么都能够得到。"

闵景峰笔尖一顿，他的目光依旧落在数学练习册的题干上，缓缓开口说道："你觉得我想要什么？"

"你想要人类守护者林茶的感情。"

闵景峰只是顿了一下，淡定地说："你说错了。"

他想要的不算是那样的感情，他只是想要两人一直要好，相互信任，相互守护。

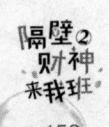

闵景峰小时候经历了太多的背叛,他见过他父母从恩爱的夫妻变成面目全非的敌人。

一开始的恩爱是假的吗?不是。

那后来的敌对是假的吗?也不是。

他从那个时候便明白,没有什么东西是永恒的。就像所有人都会跟小孩子们说的一句话——

"你长大了就会变了。"

人小时候喜欢玩具,喜欢童话,那些东西带来的快乐也都是真的,可是人的喜好是会变的。

他想要的,只有永恒,他想要他们的关系永远不变,仅此而已。

黑暗之主开口说道:"只要你愿意帮我,你想要什么都可以得到。"

闵景峰:"我一直觉得我只是个小人物。"

黑暗之主:"……"曾经我也这么觉得,代价就是现在的境遇。

明明闵景峰只是一个人类,谁也没有把他放在眼里,结果他硬是以人类之躯把局面弄成了现在这个样子。

闵景峰就是以这种人类的样子,跟黑暗之主同归于尽。

后面还是以人类的样子,扛住了光环的反噬,还扛住了死灵对他的几重攻击。

这个人类,还好只能活百年。

闵景峰那一路悲惨的人生,除了财神光环的反噬,死灵也出了一些力,但其实更多的事是黑暗之主干的。

哪怕是这样,黑暗之主依旧没有办法用黑暗的力量操控闵景峰的灵魂。

黑暗之主在旁边看着闵景峰,见闵景峰居然在和自己说话的时候还在写作业,他简直想撕烂闵景峰的作业本。

林茶没经历过这种让单纯、善良都特别紧张的突击检查,她琢磨着应该跟学校宿管阿姨查大功率电器差不多。

来的人是上一次来的那位上司,板着脸,看到林茶的时候脸更加黑,让林茶有种上司大概跟自己有仇的错觉。

上司检查了千纸鹤的情况,然后转过头,看向林茶,说道:"人类守护者手册里面,人类守护者要遵守什么?"

上司虽然没有吼人,但是也够凶了,说道:"你现在是真想做人类了?"

林茶心里估摸着,上一次见面的时候上司都没有这么凶,这一次难道是又有人告了自己黑状?

紧接着,就听到上司继续说道:"你居然把黑暗之主放进自己的意识世界了,林茶,你够可以啊!"

林茶第一反应就是:"你怎么会知道这个事情?"

就连单纯和善良都不知道,林茶就是怕被其他人知道了麻烦多,结果没想到,还是被上司知道了。

"林茶,你是不是真的把自己当成十六岁的高中生?你把自己当成十六岁的高中生,你问问黑暗之主他们会不会因为这个原因对你心慈手软。"

林茶:"我十七岁了,马上就成年了。"

上司见她这副人畜无害的样子,气得不行,说道:"你可知道你当时把黑暗之主放进自己的意识世界后,他在顷刻之间就能够让你坠入黑暗。"

林茶辩解道:"不是黑暗之主,闵景峰不是黑暗之主。他是人类,很厉害的人类。"

林茶突然意识到了另外一个问题,抢先问道:"我的光环怎么会在闵景峰那里?是我觉得我变成人类以后无法承受光环带来的反噬作用,所以强行给了闵景峰吗?"

上司:"你要真这么厉害就好了。"

林茶:"……"

上司叹了一口气:"你有没有想过,你把闵景峰放进了意识世界后,我这边感觉到了你的意识世界被黑暗之主浸染,这代表着什么?"

林茶:"你感觉出错了?"

上司:"就算闵景峰这个人类不是黑暗之主,那么他们两个人之间也会存在着某种关系。"

林茶:"所以?"

"所以你给我离闵景峰远远的!"

林茶:"我不应该是好好查查这个事情,弄出真相来吗?"

上司:"……"他以前还觉得还是人类守护者的林茶令人头疼,现在才意识到此时这个不知天高地厚的林茶,才是最可怕的。

他向来是本着万事有自己的发展规律,所以他也一直都听任任何事情自由发展。

然而眼见着林茶放黑暗之主进入自己的意识世界，他感觉到林茶的意识世界被攻击，可是林茶依旧没有任何防备心理，这就让他也顾不得发展规律了。

上司在心里琢磨，人类在这个年龄阶段可能都是这样不知天高地厚的，自己要多一点耐心，于是他伸出了手，将一根手指按在了林茶的眉心处。

那一瞬间，林茶只觉得自己原本平静的心变得狂躁起来，整个人仿佛像是被装进了一个密封的箱子里，难受得想吐。

脑海里不由自主地出现了今天看到的妒灵和闵景峰单独在一个房间的画面，但是又不知道他们说了什么。林茶眉头紧紧皱了起来，看向上司："我……"

上司再一次用食指点了点她的额头："若是你的意识世界被黑暗之主浸染，这就会是你的下场。你的负面情绪将被无限放大。"

上司虽然知道林茶只是人类，但是看到她心里的负面情绪，依旧觉得很不习惯。

哪怕林茶已经摆脱了负面情绪，但她对于那种体验依旧心有余悸。

她真的很不喜欢看到妒灵跟闵景峰单独在房间里说着不为人知的悄悄话。

这让她觉得自己没有进入闵景峰的世界。

林茶不免有点心烦意乱，她安慰自己，不必有这样的情绪。

可是并不是跟自己说不要有这样的情绪，就能够成功催眠到自己的。

上司见她又是皱眉又是纠结,最后变成坦然的样子,心里想着,她还是知道了问题的严重性的,应该会知道要怎么办了。

从上司训话开始,单纯和善良就一直安安静静地站在旁边,努力缩小自己的存在感。

但是再怎么缩小存在感也是没用的,该到的事情还是会到的。

"单纯,善良,你们单独过来一下。"

说着,上司带着两人去了另外一个意识世界。

林茶没事干,拿出手机准备看看备忘录里面有没有需要做的事情,结果就看到闵景峰发过来的信息——

"没事吧。"

林茶想了想,回道:"没大事,就是我被上司批评得很厉害,上司说我行事太幼稚了。"

闵景峰:"不幼稚。"

林茶:"他们回来了,不能玩手机了。"

闵景峰没有等到下一条信息,不仅没有等到下一条信息,而且接下来几天里都没有见到林茶。

闵景峰去林茶家里找过她,结果林家的人说林茶工作去了,不仅如此,而且还一去就是两天。

闵景峰很着急。

林茶是典型的一天不见见闵景峰,那就会倒霉透顶的体质。

林茶自己都快不记得她自己的倒霉体质了,因为她每天都跟闵景峰见面,所以这体质对她没有太大的影响了。

可是闵景峰却一直都把这事记在心里,林茶不来找他,他怎么都放心不下。

黑暗之主在旁边抓紧机会冷嘲热讽——

"她的上司已经来了。

"她肯定是已经知道我们的关系,只要你能够进入林茶的意识世界,我就能够进去,你觉得她上司会让这种事情发生?"

闵景峰看了他一眼,没有说话,但心里却明白,现在也只有这个解释了。

黑暗之主的声音开始步步紧逼——

"你看你现在又是一个人,你从小到大不是最讨厌一个人了吗?"

闵景峰:"……"

"你为了她,承受了这么多不属于你的痛苦,为了她放弃了可以控制人类的力量,换来的却是她放弃你,这真的值得吗?"

黑暗之主的声音开始变得缥缈起来,继续说道:"你这一生,注定以悲剧开始,以悲剧结束。重复你前生的命运。"

闵景峰依旧安安静静地拿出练习题,开始做寒假作业。

毕竟开学时班主任检查作业,他若没做,到时候林茶肯定又得碎碎念。

虽然他挺喜欢听林茶关心他,但是也得分情况。

旁边的黑暗之主继续说道——

"你现在这个情况就是在重复甫川的命运,他当时跟你一模一样,

永远只会在旁边看着,永远都不敢主动争取。

"如果是我,我会要她这辈子都不能离开我,不能看着除了我以外的人。"

闵景峰:"……"这个人真的是林茶提到的那个杀伐决断的男人吗?实在是看不出来。

好在闵景峰心态很好,对于这种程度的碎碎念,他只是开口吐槽道:"那你适合养宠物。"

黑暗之主一顿。

闵景峰其实一直没有太为难黑暗之主,他虽然很想要套出黑暗之主到底是因为什么原因受制,但也没有过激的举动。

黑暗之主也不傻,完全没有提到这些事情,不过他帮闵景峰找到了林茶,此时林茶正在努力帮一个小女孩做饭。

小女孩的妈妈不在家,她一个人被关在房间里,家里没吃的了,好在还有点大米,于是林茶指挥着小女孩做饭。

闵景峰一瞬间就想到了甫川的记忆里面也有这么一段。

他突然就能够理解甫川当年的那种心酸了。

闵景峰之所以能够理解甫川的那种心酸,不是因为林茶照顾这个小女孩,也不是因为甫川当初觉得自己只是她照顾过的小孩中的某一个。

闵景峰之所以觉得心酸,是因为林茶特别认真地对按对了电饭煲按钮的小姑娘说道:"妞妞好厉害啊!"

林茶的赞美非常真诚,真诚到闵景峰仿佛看到了那些日子林茶对他的赞美。

甫川和闵景峰的人生经历其实是非常不一样的。

尽管两个人都属于爹不疼妈不爱,生活比较悲惨的那种人,但是两个人与林茶的初相识是完全不同的。

甫川认识林茶的时候,还只是一个懵懂不知世事的孩子,在他眼里,林茶是世界上最厉害的神,他一直都在仰望林茶,一直做着林茶所拯救的芸芸众生中的一员。

闵景峰就不一样了,他一出场,在林茶眼里便是英雄,是林茶的目光一直追随着他的背影,认真而期待地看着他,仿佛他是个救世主一般。

闵景峰心里突然感到一阵疼痛,眼里干涩了起来,仿佛曾经有人很认真地说过——

"我仰望你太长时间了,你从不曾注意到我,如果有下辈子,换你看着我……"

闵景峰看着不远处的林茶,突然觉得自己以前真的很惨。

一时之间,他也不确定自己现在的情况到底是比甫川好,还是没有甫川的情况好。

林茶还在认真地护着小姑娘。因为闵景峰现在也能够运用光环的能力了,所以林茶并不能看到他,自然也看不到他身边的黑暗之主。

黑暗之主看到这一幕,终于不再说话,大概是觉得现在这个场景已经能够打击到闵景峰了,不用他在旁边破坏气氛。

黑暗之主更加没有想到的是,就在这时,林茶的上司来了,这个情况对他来说简直是有如神助。

上司看到林茶正在认真做事情,没有想着联系闵景峰了,心里松了一口气,看来对付人类就要用人类的办法。

"这两天表现不错。"

林茶笑眯眯地说:"何止不错,我的表现简直是出类拔萃!"

"不要太自恋了,后面你也要继续这样做下去,光明之所以存在,就是因为黑暗存在,懂吗?"

林茶"嗯"了一声,然后点了点头,说道:"我知道你想说什么,放心吧,我不会去跟他们拼命的。"

"闵景峰的问题……你想通了吗?"

林茶还想表达一下挣扎,毕竟太快放弃显得太假了。

林茶说:"我不可能远离他,我如果不接触他的话,我会倒大霉。"

听到这里,黑暗之主笑出了声:"看吧,这才是你最主要的作用!"

闵景峰安静地看着林茶,他知道她不会撒谎,知道她什么心情都放在自己脸上。

林茶怎么可以这么淡定而认真地说出这样的话?明明之前她说最喜欢他,跟他最要好时候,她也是这个表情。

上司这才注意到林茶的这个状况,他皱了皱眉头,手在空中做了一个动作,然后说道:"以后不需要了。"林茶之所以会出现这种情况,是因为以前的她给自己植入了一个潜意识信息。

一旦见到闵景峰,不对闵景峰好,她就会一直倒霉。

上司没空去管为什么，只是再三警告林茶："闵景峰跟黑暗之主有关系，你要是跟他关系太亲密了，最后出事的一定会是你，你是百年不遇的人类守护者体质，不要因为这种人而断送了自己的人生。"

上司说这话时，黑暗之主在闵景峰身边说道："你知道为什么我会和你有联系吗？因为当时是你保下了疯狂的人类守护者，作为代价，你的灵魂将归于黑暗。"

黑暗之主说这话的时候，也很尴尬，说好了灵魂归于黑暗，可是闵景峰做到了灵魂不被黑暗浸染，哪怕是他也生不出任何办法来。

黑暗之主再一次提醒道："她抛弃你的原因居然是因为你当初为了保护她付出的代价。你现在心情如何？"

闵景峰："不太想接受采访的心情。"

说完后，他生气地离开了这里。

闵景峰和黑暗之主走了以后，林茶还在继续守护着小女孩。

上司这两天基本上是全程守着林茶，不过上司也是有自己的事情的，见林茶已经安分守己了就走了。

上司刚离开不久，林茶就火速给闵景峰发了信息："这两天被我上司困住了，你在哪儿？"

闵景峰看着发过来的信息，犹豫了一下，没有回。

不管怎么说，林茶跟他在一起的确是不安全。

林茶心里本来就有了小九九，尤其是这几天上司老是逼着她面对自己心里已经放大了的那些嫉妒和恐惧的情绪，她自然不可能一等到

上司离开,心里的这些情绪就全部不见了。见闵景峰没有回她消息,内心更加难过了。

林茶抱着手机等了一会儿,还是没有收到短信,便去做数学题了。

林茶想着,会不会是这么多天她不联系闵景峰,他生气了?林茶本来准备联系来着,可是上司看得太紧了。

林茶总觉得闵景峰没有回短信,可能是跟妒灵聊天聊得太开心了,所以才会忘了看手机……

她脑海里都能脑补出那个画面了。

林茶摇了摇头,开口安慰自己:"我的情绪没有被无限放大,已经回到最初那种能被我忽略的存在了。"

然而有些情绪并不是自己想忽略就能够忽略掉的,林茶心里有点不舒服。

林茶又给闵景峰打了电话,那边嘟嘟嘟地响了三次,依旧没有人接电话。

这下子林茶想着是不是出了什么事情,她心里后悔了,她不应该太顾及各种事情的。

林茶穿上外套,准备去闵景峰家里找他。她一边出门,一边给闵景峰打电话。

"嘟——"

"嘟——"

这次终于有人接电话了,林茶觉得对方的声音很冷淡,仿佛是在敷衍一个陌生人。

听到他这样跟自己说话，林茶心里很不是滋味，开口问道："我们……能不能见面？"

"有什么事情就在电话里面说。"

林茶愣了一下，说道："你……是不是生气了？对不起……我这两天被我上司管着。"

林茶本来是想不听上司的，可是上司不仅对自己施展了惩罚，还表示如果林茶一定要如此不知天高地厚跟闵景峰交往亲切，那么他会想办法让闵景峰离开。

林茶还能怎么办，只能先把上司糊弄走，在上司面前表现好一点就没问题了。

一直以来，闵景峰什么事情都很顺着她，林茶小心翼翼地控诉着上司有多可恶。

然而林茶迟迟没有等到闵景峰心疼自己。

林茶不得已，小声说道："我们可不可以见一面？我想摸摸你的光环……"

那边的闵景峰听着林茶的声音，听着她说着蹩脚的谎话。

黑暗之主在旁边开启了嘲讽模式："她有事情才找你，没事的时候就把你丢在一边，你确定要忍受这样的生活？"

此时此刻电话的另一头，林茶的声音传了过来，她近乎撒娇地说道："你不要不理我，我心里好难受……"

闵景峰听到她这样子，终于还是忍不住了，开口说道："林茶，

你先冷静一下。"

　　这还是两人熟络了之后，闵景峰第一次这样认真地叫她的全名，她瞬间就有点慌了，忍不住说："对不起，我不该好几天都没有联系你。"

　　闵景峰安静地听着，开口说道："我没有生你的气。"

　　闵景峰对待她的态度依旧非常冷淡，林茶从来没有被闵景峰这样对待过，仿佛她就是个陌生人。

　　林茶心里不难过是假的，可是她再难过，闵景峰也不会在意了，林茶光是想到这个，就觉得很难过。

　　不过再难过，她也是要工作的，不工作的话会有很多无辜的人被死灵伤害。

　　死灵一旦有了目标，林茶也跟在后面。林茶虽然有小情绪，但是也知道不应该把这些情绪带到自己的工作中来。

　　死灵坐在林茶旁边，仗着别人听不到他们俩说话，开口说道："怎么不见你跟闵景峰一起行动了，听说你们俩闹翻了？闹翻的感觉怎么样？"

　　林茶不搭理他，他就继续说："以后你们也算是敌对阵营了。"

　　林茶努力不去听，免得被影响，如果被影响的话，最终倒霉的肯定就是死灵正在跟的这个人，所以林茶努力压下了自己心底的情绪。

　　被死灵盯上的人此时朝着办公室走去，林茶也跟着他进了办公室。她刚一进去，房间的门就被关上了，而此刻出现在她面前的却是物理老师和死灵。

　　两人一起攻击林茶。

林茶被他们打趴在地，只能艰难地咬了咬牙，开口说道："死灵，我死可以，但是我有遗言！"

死灵和物理老师停了下来，看着这个被恐惧折磨的人，说道："有什么遗言快点说。"

林茶看了看这两个人，问道："为什么以前你不能碰到我……而现在却可以打我，这个进度会不会有点快？"

死灵现在也不怕什么，道："因为你以前身上沾染着闵景峰的光环的气息，你要是要报仇，去找闵景峰。"

林茶道："也不一定，我有了光环，说不定就活不到现在了。"

她深深地呼了一口气，下一秒，趁着机会溜出去了。她原本在打架的时候，已经在琢磨怎么溜走了，因为硬扛是扛不住的。

林茶看了看自己身上的伤，突然有点小高兴，她又有理由找闵景峰了，于是林茶立马给闵景峰发了一条短信——

"我被打了……被打得好惨……"

这条信息刚发出去，闵景峰就瞬间出现在她身旁，他似乎又瘦了一点，脸上的轮廓更加锐利了，整个人气场似乎变化很大。

林茶看着闵景峰，突然觉得特别委屈："我还以为你不来了呢？"

闵景峰："那我走了。"

林茶立马拉住他的手……

过了一会儿，闵景峰说："我给你擦药，死灵和物理老师不是不能碰到你吗？你们怎么会打起来？"

林茶把整个事情解释了一下，还重点说了死灵所说的话。

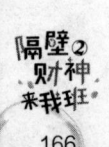

## 第七章
### 哪怕危险也要守在他身边

闵景峰心里同样不好受，他压根儿没有想到死灵和物理老师居然能够伤害林茶，是他失算了。

在看到林茶受伤时，没有人比他更难受，他宁可这些伤都在他身上。

闵景峰蹲了下来，说道："我背你回去。"

林茶小心翼翼地趴在了他的背上。

闵景峰起来的时候，林茶把脸埋在他的背上，小声问："你……是不是不想跟我做朋友了？"

无论遇到什么事情，他们都是无条件地站在彼此身后……

闵景峰听到这话，身体僵了一下，说道："没有。"

林茶见他只说了这两个字，也不多做解释，心里好气，她都受伤了，他也不像以前那样紧张了。

林茶是实打实的委屈难过,她以前很担心两个人的关系会因为彼此的身份而疏远,但是他们也算是咬着牙撑了很长一段时间。

所以,林茶没有想到都到这种时候了,闵景峰会这样对她。

刚才被打的时候,虽然疼,但是她都没有哭,可是这一刻,她看着闵景峰,鼻子酸酸的。

无法控制的眼泪顺着脸颊掉到了闵景峰的脖子里。

闵景峰仿佛被狠狠地烫了一下,他很想告诉她,这次的事情,是他对不起她。

闵景峰突然问道:"那边有红糖糍粑,你想吃吗?"

林茶咬了咬牙,不让自己哭出声音,非常镇定地说:"不吃。"

闵景峰背着人,继续往前走。林茶问道:"他们说你已经决定了跟黑暗之主合作?"

闵景峰没说话。

林茶心里更加酸涩,想起了一个事情,说道:"是因为妒灵吗?你们在一起了吗?"

林茶算是被刺激到了,所以才会问出这样的话,如果是以前,她是不会问出这样的话的。

闵景峰听到这酸溜溜的话,还是摇了摇头。

把林茶送到了林家后,闵景峰就离开了。

闵景峰走后,黑暗之主第一个冒了出来——

"你在她心目中就是一个招之即来挥之即去的工具人。"

闵景峰没有搭理他,只是第一时间找到了死灵和物理老师。

"闵景峰,你还是决定放弃虚伪的人类守护者了?"死灵语气嘲讽,当初闵景峰坑了他们好几次,这一群人都挺记仇。

闵景峰只是看了两个人一眼,开口说道:"别去碰她。"

死灵和物理老师听到这话,纷纷皱起了眉头。

闵景峰沉着脸,一字一句地重复道:"我说,别去碰她!"

死灵瞬间沉下脸,眯起眼睛看闵景峰,两个人对视着,谁也不让谁。

死灵开口说道:"你说了我们就听你的?你别忘了,你只是一个人类而已,你拿什么跟我们斗?"

闵景峰拿出手机:"我最后说一遍,别去碰林茶。她再受伤一次,我保证所有人类都能看到你们。"

死灵和物理老师皱了皱眉头,闵景峰如果铁了心要曝光他们,到时候他们需要面对的就是大批大批的人类军队。

"我说到做到。"闵景峰说完就离开了。

这时,死灵和物理老师看到一个黑影慢慢地出现了,他们俩赶紧跪下。

闵景峰并不知道他离开了以后,黑暗之主出现在死灵和物理老师面前。

闵景峰去看了看林茶。林茶的爸爸妈妈都不在家,好在家里还有照顾他们的阿姨,林茶喝着阿姨熬的汤,看上去心情已经好多了。

闵景峰只是看了看,就转身离开了,他现在不适合跟林茶太过于亲密了。

黑暗之主在旁边说道:"何必让自己这么难过,你直接把人抢过来不就得了。"

闵景峰安静地看了看林茶房间的窗户，又看了看黑暗之主，没有再说话。

林茶觉得有什么不对劲，她走到窗边，并没有看到外面有什么人。

她心里想着闵景峰今天的种种举动，不知道为什么，她越想越觉得是黑暗之主迷惑了闵景峰。

林茶咬了咬牙，她现在突然很想见到黑暗之主，尽管她到现在为止就没有见过黑暗之主。

林茶第二天起来的时候，才发现有点不对劲，她好像……感冒了。

可能是昨天受伤再加上其他的一些原因，她头晕目眩，躺在床上，爬都爬不起来。

"茶茶，吃早饭了。"阿姨在外面敲门。

"我不吃了。"林茶觉得吃不下去。

阿姨以为她是想多睡一会儿，于是干脆离开了。

林茶想着既然自己生病了，那不如去赖在闵景峰身边。

出门的时候，林茶抱了一盒抽纸，去坐公交车。

对林茶来说，她是不会放弃闵景峰的，他们虽然认识的时间不算特别长，但是经历过的事情却足够多了。

林茶先是给闵景峰发了信息——

"闵景峰，你忙不忙？我有点事情找你。"

过了一会儿，闵景峰回了信息。

"什么事情？"

林茶接着发信息:"我作业也没做完,死灵现在也不知道去哪儿了……我什么都没有做好,还感冒了?我能来找你吗?"

闵景峰原本正在研究黑暗之主的黑暗力量来源,看到林茶说她感冒了,犹豫了一下,还是回复信息——

"我又不是医生,你来找我做什么?吃点药,在家好好睡觉。"

林茶看到这条信息的时候,公交车正好停下来,一个老奶奶上了公交车,林茶站了起来,把位置让给了老奶奶,然后也不想回信息了。

站了两站,终于到了闵景峰家附近,林茶下车进小区,正好看到从闵景峰家里走出来的妒灵。

妒灵也看到了林茶,笑眯眯地跟她打招呼:"林茶,几天不见,怎么你脸色这么差?"

林茶有点心酸地说:"感冒了……"

妒灵看着她苍白的脸色,突然伸出手,放在她肩膀上,说道:"你现在是人类身体,要多注意保暖。对了,你是来找闵景峰的吧?他现在挺忙的,你要是有什么事情可以先告诉我,我帮你转达。"

林茶看着妒灵,突然不受控制般地觉得妒灵长得是真漂亮,她以前怎么都没有注意这些事情?

林茶的心一下子拧巴起来,仿佛闵景峰和妒灵是一路人,她反而成了外人一样。

刚才给闵景峰发信息的时候,闵景峰也是让她回家,不让她过来看他,却让妒灵来看他……

林茶想起了以前妒灵似乎对闵景峰很好,那闵景峰呢?

这样的想法让林茶有点不舒服,她说道:"我……我自己去找他吧。"

妒灵看着林茶落荒而逃的样子,眯起了眼睛,眼里尽是愉悦,原来对方也有扛不住的时候,她还以为自己这辈子都不能从这个人这里得到这种嫉妒的情绪了。

林茶上了楼,抱着抽纸盒,按了按门铃。

闵景峰打开门就看到鼻子红红、眼睛红红,裹得跟企鹅似的林茶。

林茶看着闵景峰安静地站在门口,没有问她病好些没,也没有说话,心里一阵酸涩。她忍不住开口:"我刚才看到妒灵了……你是不是真的不想跟我做朋友了,想要跟妒灵她们做朋友……"

闵景峰没有说话,林茶就仰着头固执地看着他。

他们从认识开始,林茶就一直主动接近他、主动维持两个人的关系,要不然两个人不会成为好朋友。

林茶越想越觉得委屈,现在闵景峰的冷漠让她觉得委屈极了。

闵景峰看到她这个样子,心里已经软了大半。这就是为什么他不想让她过来的原因,他知道她过来了,他必定会心软。

闵景峰叹了一口气,把她满是雪花的帽子摘了下来,说道:"吃药了没?"

听到这话,林茶眼圈一下子红了,说道:"吃了……我可以进去吗?"

闵景峰还能怎样,只能放她进去。

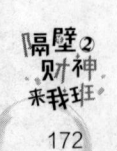

林茶走进去,把外套脱下,然后跟在闵景峰身后,问道:"你为什么突然不理我了?"

闵景峰看了看不远处对着林茶虎视眈眈的黑暗之主,收回目光,说道:"为了你好,你上司说得对,你跟我在一起的时候,不安全。"

林茶咬了咬牙,小声说:"可是,我们闹翻了就不能做朋友了,我心里好难受……"

她耷拉着脑袋,牵住了闵景峰的手:"闵景峰,我们别绝交……"

她感冒了,说话还带着鼻音,声音小小的,有点请求的意思。

闵景峰原本做的一切准备都土崩瓦解了,他不会拒绝林茶,尤其是在这种情况下拒绝林茶。

他想起自己的计划,叹了一口气,摸了摸林茶的头:"我们不会绝交。"

听到这话,林茶兴奋了起来,抱住闵景峰:"说到做到!"

虽然还隔着厚厚的衣服,但是闵景峰却奇异地感觉到了林茶的心跳,他没有多高兴,只是看了一眼黑暗之主的方向。

黑暗之主离他越来越近了。

林茶确定了闵景峰没事后,立马说道:"正好我作业还没做完,还有几天就要开学了,咱们一起把作业做完。"

闵景峰十分佩服林茶的一点,那就是无论什么时候,林茶都不会忘了做作业。闵景峰觉得林茶是想要通过这种方式让她自己明白她其实还是人类,无论其他的事情有多重要,都不应该耽误学习。

林茶拿出了练习册和卷子,安静地坐在他旁边,两个人开始赶作业。

隔了一会儿，闵景峰转过头就发现旁边的林茶已经趴在桌子上睡着了。

林茶出来的时候吃了不少感冒药，里面有帮助睡眠的成分。

闵景峰在旁边看了一会儿，林茶的脸有点苍白，眼睛紧闭，睡得倒是安稳，只是她这样趴在桌子上睡觉自然是不舒服的。

闵景峰只犹豫了一会儿，便小心翼翼地把人抱起放在了自己的床上，给她盖上了被子。

给林茶盖被子时，林茶迷迷糊糊地用脑袋蹭了蹭闵景峰的手，然后再一次睡了过去。

闵景峰愣了一下，坐在旁边安静地看着已经睡熟了的林茶。

背后的黑暗之主注视着这一切，说道："你内心深处是渴望力量的，渴望能够变成长生不老的非人类，只要你答应我的要求，以后你便能够长生不老。"

黑暗之主等了一会儿，没有等到闵景峰的回应，他有些不耐烦，从头到尾他都不明白为什么这个人类能够坚守这么久。

他看向闵景峰，想起了妒灵带来的东西，于是下一秒——

闵景峰感觉到了一阵心悸，他脑海里出现了一些回忆。

那是属于甫川时期的回忆。

他感受着来自灵魂的嫉妒，他嫉妒那些能够被林茶关心的人，嫉妒那些能够跟林茶并肩作战的人。

他却只能得到林茶的一句："你照顾好自己就行了，他们很危险，你不适合掺和进来。"

闵景峰按了按太阳穴,心里对力量的渴望几乎将他淹没。

黑暗之主等了一会儿,只看到了闵景峰手有点抖地给林茶掖了掖被子。

林茶醒过来的时候,闻到了饭菜的香味。她从床上下来,就看到了在厨房忙碌的闵景峰。

闵景峰回过头,说道:"桌子上有热水,先喝点水。"

林茶的确很口渴,端着水杯喝了半杯水,然后进了厨房,好奇地问:"晚饭吃什么?"

林茶进入厨房的那一刻,闵景峰突然向她扑了过来,恶狠狠地掐住她的脖子,厉声呵斥:"是你!都是你!让我受了这么多的苦!"

林茶脖子越来越疼,却不想反抗,她还看到了光鲜亮丽地站在闵景峰旁边的妒灵。妒灵对闵景峰说道:"别生气了,以后有我陪着你。"

林茶看到这一幕,心口抽痛,

林茶猛地惊醒,才发现自己在床上睡觉,旁边闵景峰正在认真地写作业。看到突然坐起来的她,他问道:"怎么了?做噩梦了?"

林茶点了点头,这个梦太吓人了,她忍不住握住了闵景峰的手,这才松了一口气。

不知道是不是做了噩梦的缘故,林茶总是忍不住看向闵景峰。

闵景峰把点好的外卖放在林茶面前,有点奇怪地问:"你梦到什么了?"

林茶想起了梦里妒灵的样子,躲开了闵景峰的视线,小声说:"没……没什么,就是普通的噩梦……"

闵景峰看林茶这表情，就知道肯定是有什么问题，但她不说，他也就不多问了，只是说道："会没事的，我们以后可以只做学生。"

林茶听到这话，嘟囔道："其实兼职做点事情也挺好的。"

这段时间死灵和物理老师都没有什么动静，林茶觉得他们应该是在计划着更大的事情。

林茶本着兵来将挡水来土掩的想法，心里倒是不害怕。

她希望能够跟闵景峰同进退，不希望闵景峰被敌方蛊惑。

闵景峰心里有多善良，她最清楚不过了，如果闵景峰真的被蛊惑去做了坏事，他事后肯定会更加痛苦，所以她一定要守在闵景峰身边，哪怕危险也要守在他身边。

# 第八章
## 也算是如愿以偿了

林茶联系了家里,只说自己在赶寒假作业,没有提自己在闵景峰家里。

然后,她又联系了单纯和善良,确定死灵他们目前没有任何行动。

等挂了电话,林茶回过头正好撞在了过来给她披外套的闵景峰怀里。

林茶甚至闻到了他身上好闻的味道,她一直都很喜欢闵景峰身上的味道,这一次莫名地红了脸。

她赶紧说道:"我们快点赶作业,要不然后面做不完了。"

林茶以前做作业的时候都非常专心,安静地游荡在题海中,可是这一次看着作业……

她忍不住转过头看向旁边安静认真的闵景峰。

他坐在旁边，似乎在思考怎么解题，手上的笔转动着。

闵景峰感觉到旁边的目光后，转过头来，有点奇怪地问："怎么了？"

"没事！"林茶慌忙地低下头，赶紧继续写作业。

这下子林茶倒是安下心来认真地做作业了。

等到做完了，林茶才发现已经十点了，这个点回家实在是不方便，于是说道："我回意识世界睡觉……"

林茶才发现自己好像一只蜗牛，能把房子随身携带。

闵景峰立马说道："你不用回意识世界。"现在黑暗之主在这里，林茶回意识世界的话，闵景峰怕她不安全。

闵景峰起身，去厨房烧热水，说道："我这里有干净的被子。你睡卧室。"

他烧了热水，接着去卧室把床上的被子换成了新被子，把原本床上的被子放在外面的沙发上，说道："我睡这里。"

林茶躺进了还有太阳味的被子里，可能是下午睡久了的缘故，现在她在床上翻来覆去地睡不着。

半夜，林茶爬了起来，她一直睡不着，作业也已经写完了，暂时没事做了。

林茶闭上眼睛，想看看单纯和善良那边的情况，结果发现单纯和善良被妒灵逼到了角落，两个人正抱团瑟瑟发抖。

林茶立马爬了起来，穿上外套，紧接着就到了单纯和善良所在的位置。

单纯和善良看到林茶,立马叫了出来:"茶茶!"

妒灵在感知到有人出现的瞬间就防备了起来,然而看到出现的人是林茶后,又笑着说道:"林茶,别紧张,我不会对她们做什么。"

林茶严肃着脸,大步走到了单纯和善良面前,怒气冲冲地看着妒灵,说道:"既然不会对她们做什么,那请你离开这里。"

"那可不行,我虽然不会对她们做什么,但是也需要她们给我一样东西。"

林茶看着千娇百媚的妒灵,问道:"什么东西?"

妒灵:"一件不适合你看到的东西。"

林茶才不管妒灵这话什么意思,她看向单纯和善良,问道:"她想要什么?"

单纯和善良对视了一眼,说道:"她想要的是一些记忆千纸鹤,但是我们不能给她。"

林茶回过头看着妒灵:"你听到了?按照规矩是不能给你的。"

妒灵也不傻:"那如果我一定要抢过来呢?"

她比林茶高了一个头,弯下腰来,看着林茶,小声说道:"我如果真的想杀你,也不是不可能。"

林茶毫无畏惧地开口:"那你可以试试。"妒灵不是什么好人,她一直都没有对自己下手,这里面肯定是有不能下手的原因。

妒灵伸出手,修长的手指上出现了一团黑气,说道:"林茶,我是不是特别漂亮?你怎么不看我的眼睛?"

林茶咬了咬牙，看向妒灵，说道："还好。"

"真的只是还好吗？你看我长这个样子，会有人不喜欢我吗？"妒灵露出了一个微笑。

林茶："……"

"如果我回答，不会有人不喜欢你，你要做什么？"

妒灵有点意外，林茶身上的嫉妒情绪居然没有增多，反而减少了。

林茶接着说道："如果没有其他事情，我们就先走了。"

她一边说，一边拉住单纯和善良，直接离开了。

妒灵想要追上去，却被赶来的闵景峰强行留下了。

妒灵看着闵景峰英俊的侧脸，问："你这是什么意思？"

闵景峰一直看着林茶离开的方向，听见妒灵的话后只淡漠地瞥了妒灵一眼。

妒灵看着闵景峰，突然笑了，一张脸美艳动人，缓缓地走到了闵景峰身边。

她还没来得及说话，闵景峰就一脸平静地离开了。

另一边，林茶带着单纯和善良回到了安全的地方，林茶这才问道："你们怎么会跟她杠上？"

单纯说："我们也不知道为什么，去的时候她就已经在那里了。"

善良说："然后我们就被逼着交出红色千纸鹤。"是她们当初已经拿回的那只红色千纸鹤。

林茶"嗯"了一声，说道："我知道了，你们先回去，以后注意安全。"

林茶送走了单纯和善良后,赶紧回到了卧室里,脱掉外套,缩进被子里。

妒灵现在的行事是越来越嚣张了,以前她是几个人中最低调的,总是做着一些无伤大雅的事情。

现在她开始主动攻击单纯和善良,想要拿到红色千纸鹤。

林茶坐了起来,把被子披在后面,越想越不对劲,非常不对劲。

原本物理老师还有死灵都没有再出来搞事情,甚至没有再针对她,黑暗之主似乎也很安静。

林茶从旁边拿过了纸和笔,重新开始分析起来。

一开始只是人类守护者和黑暗之主的斗争,一直以来,人类守护者碍于各种规则,面对黑暗势力时只能避让,而黑暗之主总是对他们处处紧逼,后来不知道发生了什么事情,人类守护者林茶死了,甫川作为人类居然能够跟黑暗之主同归于尽……

林茶回忆了自己能够想起来的所有事情,把这些事情整合了一遍,依旧没有发现什么特殊的地方。

她重新躺了下来,看着天花板,看来现在她最好还是从闵景峰这里入手,毕竟她现在压根儿找不到死灵和物理老师。

唯有把他身上的疑团解开了,才能明白当年到底发生了什么事情。

林茶也睡不着了,她放了很多重要的东西在自己的意识世界里。其中就包括甫川的记忆千纸鹤,还有闵景峰自己的记忆千纸鹤。

她看闵景峰的记忆千纸鹤看得比较少,一方面闵景峰的小半生她都知道,不需要再看记忆千纸鹤了,另一方面因为两个人认识的关系,她看的话会有一种奇怪的情绪。

但是这一次,林茶还是决定看看闵景峰的记忆千纸鹤。

林茶很快就看到闵景峰年轻的父母,闵景峰的母亲看上去有点憔悴,不知道是因为刚生了孩子,还是丈夫对她不好的缘故。

林茶看着还是婴儿的闵景峰手里拿着一个玩具咯咯笑,心里莫名地心疼他,这个时期的他对世界这么好奇,并不知道在前面等着他的是怎样的命运。

林茶虽然知道对方看不到自己,但还是忍不住伸出手,去握他的小手。

就在这时,天色一下子变黑了很多,林茶回过头就看到表情有点奇怪的死灵走了进来。

十几年前的死灵跟现在一模一样。

死灵径直走到小闵景峰的婴儿床前,林茶皱了皱眉头,她明白自己做不了什么,但还是忍不住挡在了闵景峰面前。

只见死灵走到小闵景峰面前,有点奇怪地说:"主,你为何会在这里?"

小闵景峰手里拿着个拨浪鼓,继续摇啊摇,一脸乐呵呵的,压根儿没有回应死灵。

死灵却不像是没有得到回应的样子,反而蹲了下来,说道:"属下明白了。"

林茶看着那不停摇晃的拨浪鼓,心里琢磨着,死灵到底明白了什么?

林茶没有想到闵景峰居然在婴儿时期就已经跟死灵见过面了。

死灵这个反应很奇怪,林茶不确定他到底是怎么和黑暗之主完成交流的。

之前死灵和物理老师联手攻击闵景峰又是怎么回事?还是说闵景峰身上有什么秘密?

林茶抱着这些疑问,开始慢慢地查看闵景峰其他的记忆千纸鹤,记忆千纸鹤里面的时间流速跟外面的时间流速是不一样的,她查看一个记忆千纸鹤所需要的时间也就几分钟。

林茶越往后看,越觉得惊讶。原来死灵、物理老师还有妒灵一直都有出现在闵景峰的人生中。

林茶出幻象后,彻底睡不着了,好在身上暖和了不少,于是她披着床上毛茸茸的毯子,走出了卧室。

客厅里并不算亮,但林茶已经适应黑暗了,能够看清客厅的情况。闵景峰一个人睡在沙发上,盖着一床被子。

林茶才走几步,就看到闵景峰突然惊醒坐起来。

闵景峰看到她,似乎有点惊讶:"怎么了?你是渴了吗?"

林茶愣住了,看着闵景峰在黑暗中依旧透亮的眼眸,她点了点头:"我去厨房倒点热水,你要不要喝?"

闵景峰起身,说道:"我去。"

他从沙发上站起来,走进厨房。

看到在厨房里的黑暗之主,闵景峰连眼神都没有分给他,倒了一杯热水走了出来。

闵景峰看向林茶问道："你是有什么发现吗？"

林茶嗯了一声，说道："死灵、物理老师还有妒灵一直都频繁地出现在你的人生中。"

闵景峰听到这话，原本去拿被子的手顿了一下，说道："原来是这样。"

林茶没明白他这句话是什么意思，看着闵景峰，眼里满满都是求解释。

然而，闵景峰只是摸了摸她的头："回去睡觉吧。再过段时间，事情就尘埃落定了。"

林茶看着闵景峰，闵景峰同样也看着她，两个人在这样的深夜里对视着。林茶总觉得他眼神里有着不一样的东西，然而她也说不清楚，里面不一样的东西到底是什么，只觉得……莫名地有点想哭。

林茶压下这种错觉，开口说道："那我先去睡觉了。"

闵景峰点了点头，在林茶回到卧室的时候，也回到了沙发上。

旁边的黑暗之主开口了："你居然接收了你作为甫川时期的所有记忆？"

闵景峰已经习惯了黑暗之主在他旁边时不时地唠叨两句，这次依旧没有搭理对方，算是默认了。

闵景峰看了看卧室的方向，他的确接收了甫川时期的所有记忆。

林茶能够发现死灵、物理老师还有妒灵的异常，闵景峰自然也能够发现。

林茶能够想到通过查出闵景峰身上的异常来确定当年的事情，他自然也能够想到。

对于闵景峰来说,最好的办法就是恢复以前的记忆。

恢复记忆对闵景峰的影响并不大,只是他依旧没有跟黑暗之主同归于尽时候的记忆。

不过,他的心里会有其他的感触。

那个时候林茶很想成为人类,现在她的心愿终于实现了,那她就按照原本的生活轨迹继续生活下去,就挺好的。

他那个时候幻想过两个人之间是平等关系,现在他的心愿也达成了。

闵景峰突然笑了,以前怎么都得不到的东西,现在总算是如愿以偿了。

自从林茶发现了死灵他们一直都有出现在闵景峰的生活中后,她就时时刻刻都关注着闵景峰。

闵景峰写作业写着写着,心就乱了。

林茶怎么老是偷偷看他?不对,应该说光明正大地看着他。

闵景峰不确定林茶是不是察觉到了什么,会不会对他有什么不好的意见。

闵景峰回忆了一下自己的行为举止,并没有什么不妥,于是他转过头,故作镇定地问:"怎么又突然看着我?"

林茶原本是想要观察闵景峰的,结果观察着观察着就开始走神了。

林茶想,闵景峰是甫川,甫川喜欢过以前的她,所以基本上算得上闵景峰……

想到这里,她的脸一阵阵发烫。听到闵景峰的声音,她回过神来对上闵景峰的眼睛,脸一红,说道:"没什么。"

闵景峰见她这样,有点不放心,放下了笔,说道:"我有事情想问你,一直都没有机会。"

林茶有点奇怪,问道:"什么事情?"

闵景峰看着林茶:"你最想要什么样子的生活?"

林茶原本以为闵景峰会问一些和人类守护者有关的事情,没想到闵景峰居然问了这么不接地气的一个问题。

最想要的生活是什么样?

林茶想了一下,最初她希望大家都高高兴兴的,后面希望好人有好报,坏人能够认识到自己的错误,接受惩罚,再后面是希望所有的好心都不要被辜负。

林茶说:"我现在希望我们可以渡过这个难关。"

闵景峰前世就问过林茶同样的问题,那时她是空有抱负却疲惫不堪的人类守护者,而他只是一个弱小到连她的世界都进不去的人类。

闵景峰摸了摸她的头:"我们会的。"

以前闵景峰也经常摸她的头,林茶一直没什么别的特殊的感觉,这一次她心里忽然涌上了很奇怪的情绪。

外面下起了雨,雨水噼噼啪啪地打在窗台上,林茶赶紧站了起来:"下雨了……"

闵景峰同样站了起来,走过去把窗户关上:"那今天不回去了,

继续写作业?"

听到这话,林茶想起了正事,她心里有点放心不下单纯、善良。

"我回去看看单纯和善良,一会儿就过来。"

林茶说完,就匆匆忙忙地去穿外套,然后拿着伞离开了这里。

她走后,闵景峰同样穿上外套,走了出去。

林茶回到单纯、善良这边,她们这边什么事情都没有,两个人依旧在维护所有的千纸鹤。

林茶用了些方法找到了妒灵,妒灵并没有做什么奇怪的事情,她似乎能够感受到林茶在注视着她,她专门对着空气说道——

"很期待你败在同一个事情上两次。"

林茶思考着妒灵说的这句话,两次败在同一个事情上?

那么问题来了,上一次她经历了什么样的失败?

林茶失败的事情太多了,她一时半会儿都想不起来妒灵到底是在指什么。

林茶因为妒灵说的这句话,更加认真地查看妒灵的生活轨迹,然而还是一点收获都没有。

林茶接着去找死灵和物理老师,发现两个人也没有半点异常,完全是一副退休了的状态,看得林茶心里发毛。

林茶心里还是放心不下,于是又戒备了他们两天。死灵和物理老师依旧过着普通人的生活,没有丝毫异动。

很快就开学了,这个寒假的时间虽然不长,但是林茶不得不承认,自己像是过了小半辈子。

是家里的阿姨帮林茶报的名,林茶直接去了教室,在教室门口看到一个月没见的同学们看上去个个都精神亢奋,看来大家对于学校生活还是很期待的。

众人眼见着林茶走进了教室,安静了两秒,然后继续说话的说话,打闹的打闹,林茶觉得有什么地方不对劲。

"茶茶,你知不知道隔壁班的事情?"旁边的同学问道。

林茶整个寒假都在忙自己的事情,并没有去关心同学们发生了什么事,所以她并不知道,于是开口问:"怎么了?"

"听说她们班有个女生去贷款了,还被人拍了裸照。"

林茶一脸茫然。

同学接着说了下去,林茶才知道隔壁班有一个女孩子在网上贷款,不知道怎么操作的,还被拍了裸照,现在学校的贴吧里都是她的照片。

林茶听到这些话有点不舒服,说道:"别说这个了。"

她准备联系一下班主任,让学校那边想办法把这个事情压下去,没想到的是,同学的下一句话让她愣住了。

"老实说,看她每天妖里妖气穿着红裙子,说不一定那些照片是她自愿拍的。"

这个女生喜欢穿红裙子且女生们对她有很大的敌意,难不成是妒灵?但是不应该啊,妒灵又不是普通人类,压根儿不需要做什么就能很有钱,而且她现在实力大涨,连自己都不是她的对手,怎么可能会被人拍了裸照?

# 第九章
## 她必须承担自己的责任

林茶觉得这根本就是妒灵的阴谋，妒灵不去害别人就好了，别人怎么会害到她呢。

同桌和林茶说话的时候，林茶显然没反应过来："啊？"

同桌又说了一遍："茶茶，杜灵好惨。"

林茶这一次听清楚了，其他同学的声音也传来——

"唉，虽然她以前做的事情很过分，但是毕竟也才十几岁，以后肯定嫁不出去了。"

"也不知道那些人怎么会想出这种方式……"

"好像听说她到了教室后就一直在哭。"

"那其实也挺惨的。"

林茶皱了皱眉头，妒灵会一直哭？难道是自己太阴谋论了？

好在，闵景峰很快来教室了。

林茶不确定妒灵是不是在欺骗人，可是用这种方式欺骗人能够得到什么样的结果？

下课后，林茶偷偷地去看了一下妒灵，只见她面容憔悴，眼神灰白，一下子就能看出她的精神状态不太对。

怎么会？

妒灵班上其他的同学原本是看不惯妒灵的，可是现在这些人反而开始安慰妒灵。

妒灵看上去太惨了，林茶看了一会儿后莫名地开始希望这是她的阴谋，这样至少没有人被伤害。

这时，妒灵看向了林茶。林茶看到她眼睛哭得红肿，愣了一下。

紧接着，妒灵从教室里走了出来，低着头，仿佛在回避着周围人的目光，对林茶说道："我们过去一下。"

林茶知道妒灵想要伤害自己不是那么容易的事情，"嗯"了一声，跟了过去，她也想知道到底出了什么事。

林茶走过去，看到妒灵又开始流眼泪，她说："林茶，你现在看到我这个样子是不是特别高兴？"

高兴当然是不可能的，林茶第一反应是戒备，第二反应是疑惑。

妒灵的控诉太真实了，林茶愣了一下，问道："你……那么厉害，怎么会……对付不了几个人类？"

妒灵声泪俱下："你们人类守护者有你们人类守护者的规定，我们同样也有我们的规定。我们违反了规定的话，也要接受相应的惩罚。"

林茶皱了皱眉头,这是什么奇葩规定?

她本来心里还存着一丝疑虑,可是见妒灵如此伤心难过,她怎么也说不出风凉话,只能小声说道:"那有没有办法解决这件事?"

妒灵摇了摇头,然后说道:"我知道你很高兴。但是我告诉你,你高兴太早了……"

林茶想着妒灵被其他人说闲话的样子,开口说道:"我没有高兴,我一开始只是觉得疑惑而已。"

妒灵擦了擦眼泪,有点绝望地说:"闵景峰他知不知道这个事情?"

林茶:"……"她回教室的时候直接从同学那里听到的。想来,后面进教室的闵景峰肯定也是这样。

林茶看到妒灵认真地看着她,已经到嘴边的话又重新咽了下去,开口说道:"我不知道。"

"肯定也会知道的……"

林茶见她哭得这么伤心,忍不住开口说道:"其实你不要这样想,等再过100年,现在知道这些事情的人,就都不在了。"按理说,妒灵有这么长的寿命,应该对别人的目光都感到无所谓才对。

林茶觉得如果她有这么长的寿命,肯定会活得非常随心所欲。

妒灵咬了咬牙,说道:"你以为我是在乎这些普通人类的想法吗?我才不在乎!"

林茶听到这话,心里就有种预感。

果不其然,妒灵直接说出来了——

"其他人怎么看我我不在乎,我就只在乎闵景峰怎么看我,他如果知道了这个事,会不会更加嫌弃我?"

林茶听她就这样直接说出来,心里很不舒服。

林茶说:"闵景峰不是那样的人。"

妒灵"嗯"了一声:"那我要你答应我一个事情,只要你答应了我,我以后就绝对不害你了。"

林茶有点惊讶,说道:"你说。"她当然也得知道事情的内容才能决定要不要答应。

"你不要把这个事情告诉闵景峰,他这个人喜欢女孩子简简单单的,如果他知道了,肯定不会喜欢我了。只要你不把这个事情告诉他,我以后再也不会做那些伤天害理的事情。"

林茶听到妒灵的要求很惊讶,不过这个事情不管怎么说,对她都是有利的。

林茶也不知道妒灵现在是不是太激动了,所以没有意识到其实闵景峰很快就能从别人那儿知道这个消息的。

林茶的疑虑还是没有打消,可是一时半会她也想不出妒灵到底要做什么。

她便先答应了,然后跟妒灵一起回了教室。

林茶一路上都在观察妒灵,她思来想去,都想不到妒灵这样做的其他理由,难道就像妒灵自己说的那样,这是他们的惩罚之类的。

妒灵自己也承认了,她并不在乎其他人的看法,她这么难过是因为在意闵景峰。

妒灵跟林茶并不是一个班的人,两个人各自回自己的教室。

林茶到了教室门口，发现闵景峰正好出来找她。

见她皱着眉头，似乎在思虑什么事情，闵景峰把她拉到了一边，开口问："妒灵找你有什么事情吗？"

林茶抬起头，倒是没有犹豫，直接摇了摇头："没事。"

她既然已经答应了妒灵，自然就不能反悔了，而且她也不好意思跟闵景峰说这件事，毕竟她现在压根儿没有找到妒灵有其他阴谋的证据，说出来反而有种在看人笑话的感觉。

闵景峰见她否认，就没有多问，只是说："最近不要跟他们接触。你现在……好好保护自己。"

林茶点了点头，很有信心地说道："放心吧，我现在警惕性很高了。"

她上一次被物理老师和死灵坑了一次后就提高警惕性了。

闵景峰看着她自信满满的样子，心里柔软了下来，他现在脑子里已经多了他作为甫川时期的记忆。

对他来说，前世的记忆都是切切实实的感受，所以他记得以前的林茶是如何聪明地处理那些问题的。

闵景峰摸摸她的头："我知道你警惕性很高，但是你到底只有十几岁，跟那些人比阴谋是比不过的。"

林茶听到这话，眼神有点迷茫，他们的阴谋也没多高超啊，她就中计了一次，就是那次死灵和物理老师联合演了一出戏，把她引到了一个封闭的地方，想要抓她。

感觉这个计谋她也能想出来，林茶虽然这样想，但还是认真地点了点头,免得让闵景峰担心。

下节课正好是物理课,物理老师拿着书走过来,就看到他俩在楼梯口说话。

物理老师面带微笑地说道:"林茶同学,闵景峰同学,快回教室吧,要上课了。"俨然就是一个和蔼可亲的老师。

林茶:"……"

闵景峰:"……"

物理老师接着说:"快回去吧,先预习一下下一章的内容,一会儿我会来抽问题。"

看来,不仅仅林茶和闵景峰在认真地履行学生的责任,物理老师也做到了这一点。

想来这段时间,他的确是个认真负责的老师。林茶一时之间不知道该怎么评价他了。

两个人回到教室,上课铃声正好响起。

物理老师真的开始抽问题了。

林茶心里还想着妒灵的事情,被老师叫到名字的时候,听到老师的问题是——

"林茶,你来黑板上写写场强公式。"

林茶蒙了一下,没反应过来。

物理老师以一副合格老师的模样批评林茶道:"这么基础的知识点你都不知道,以后要多努力。"

林茶:"……"明明这个知识点还在后面,他们都还没有学过。

这不是故意为难人吗?林茶觉得物理老师这行为有点幼稚。

林茶压根儿没把一两个问题没回答上当一回事,何况还是这种对手对她的刻意刁难。

下课的时候,旁边的同学有点奇怪地问:"茶茶,你是不是得罪物理老师了,他怎么针对你啊?"

"没有,可能是他记错问题了。"林茶当然不能大大咧咧地跟这群同学说,他为难我是正常的,因为我跟他是对手。

不过同学们也就是这么一问,并没有深追到底,毕竟比起和妒灵相关的大八卦,她这种事情就非常小了。

林茶再一次听到她们说妒灵的时候,忍不住开口:"没必要这样一直说她,我们做好自己的事情就好,干吗去管别人的事情?"

其他人听了这话,有点不高兴,但还是不提了。

林茶松了一口气,此时一直都没有给她传消息的单纯和善良,终于再一次给她传来消息了——

"茶茶,出事了!"

林茶觉得这次是真的出了很大的事情,不然单纯和善良不会用这么着急的语气跟她发消息,于是赶紧赶去了单纯和善良那边。

林茶一到就看到了满世界飞舞着的灰色千纸鹤,以前的千纸鹤都是五光十色的。

此刻,整个屋子飞舞着的全是灰色千纸鹤,很明显出了什么大事情。

单纯和善良原本急得团团转,看到林茶明显松了一口气,赶紧围了过来。

林茶也头疼,很明显,以她的实力还不足以应付现在的情况。

看着单纯和善良对她投来的信任的目光,她也只能硬着头皮问:"到底出什么事情了?怎么会是这个情况?"

单纯说:"不知道,刚才我们正在检查这些千纸鹤,突然一瞬间,所有的千纸鹤都变成了灰色,整个意识世界都充满了负面能量。"

善良也很着急:"灰色千纸鹤代表的是失望、沮丧、绝望、痛苦、迷茫……"

林茶当然知道,这些千纸鹤全部是小孩子们的记忆,孩子们的记忆怎么会充斥着负面的情绪?

林茶伸出手,去感受千纸鹤里面的情感,下一秒就觉得心疼难忍……

明明这个千纸鹤里面的内容是爸爸妈妈带着孩子一起去吃饭。这是一个很简单,很温馨的回忆,可就是让人感觉不到快乐,还会让人变得难受。

林茶简直不敢相信,又重新试探了几个千纸鹤。

无一例外都是温馨美好的场景,却让人感到难以忍受。

林茶咬咬牙,赶紧去看看孩子们现在的情况。

离林茶最近的孩子们都在幼儿园,林茶看见一群孩子都安安静静地趴在课桌上。他们完完全全失去了平时的活力,目光也变得呆滞。

看到这一幕,林茶惊呆了。

刚刚进来的老师同样也惊呆了。

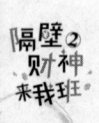

"孩子们,怎么了这是?"老师很担心地摸了摸第一排的两个小孩的头,担心他们是不是生病了。

毕竟她就没见这群孩子消停下来过。

老师摸了摸孩子的头后,发现他们并没有发热,心里松了一口气,继续问:"怎么不高兴啦?是不是发生了什么事情?跟老师说说。"

林茶和单纯、善良同样也站在旁边,但无论是老师还是这些小孩都看不到她们。

林茶也摸了摸这些孩子的头,她虽然知道他们不是感冒发烧,但是依旧心疼他们。

有一个孩子开口:"老师,没什么不高兴的事情。"

"那怎么不出去玩?"老师觉得奇怪,早上来的时候大家都好好的,孩子们要是就这么被家长们接回去,家长们还不得把学校给闹翻啊?

"没什么好玩的。"孩子们兴致缺缺地说。

其他几个小孩子脸上都没有笑容,安安静静地趴在桌子上。

林茶带着单纯和善良又去了其他学校,无一例外,所有的孩子都像是打了霜的茄子,蔫了。

下课的时候,原本应该充满了孩子们欢声笑语的学校,一下子变得安静下来。

整个气氛充满了诡异感。

林茶一直都明白记忆千纸鹤的重要性,毕竟她以前还用记忆千纸鹤直接唤醒了好几个人的求生意识。

对于一个人来说,童年的感情和记忆是非常重要的,甚至有人长大了以后所追求的一切都和童年的经历有关。

林茶心里很慌,但是一看到比她更慌的单纯和善良,她就强行镇定了下来。

林茶转过头,对旁边两个人说道:"先把这个事情上报给上面的守护者。"

单纯犹豫了一下,说:"如果我们把这个事情上报上去,肯定会受惩罚,不如我们先把这个事情处理了,再上报。"

林茶按了按太阳穴:"我不能保证我们能按时解决这个事情,越拖可能会越严重。先上报,之后我会承担所有的责任。"

林茶说完后,回到了意识空间,想要试试能不能用其他的方式把这些千纸鹤变回原来的颜色。

然而,林茶试了好几种方法都没有用,咬了咬牙,回到了学校。

他们这些高中生已经不是小孩子了,所以没怎么受影响,一时之间学校所有人都在讨论紧急插播的新闻。

"全国出现了多起儿童抑郁情况,具体原因还在调查中……"

全校就没有这么热闹过,同学们聚在一起,猜测儿童抑郁的原因——

"八成是被作业给逼的,上一次不是因为小学生作业太多还上了微博热搜吗?"

"这一届小学生的心理素质不行啊,我们当年也是这么过来的,不一样没事吗?"

"不是说有很多学生抑郁了吗?"

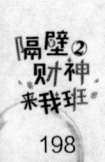

"你们快去看微博,是一个学校的学生全都抑郁了。"

"这么夸张,是不是恶作剧啊?我记得我们初中的时候学校食堂涨价,然后我们全体不去学校食堂吃饭。小学生会不会是因为她们的作业更多了,所以全体一起假装抑郁?"

林茶听着听着,按了按太阳穴,有这样想法的人肯定不少,尤其是有些家长不明白这些孩子现在经历了一些什么样的痛苦,到时候家长可能会因为这个事情而指责孩子们,到时候……

林茶猛地站了起来,走出去。可是走到走廊上时,她又完全不知道要怎么解决这个事情。

闵景峰从外面回来的时候就看到急得团团转的林茶。

"你是在担心新闻上播的事情吗?"

闵景峰刚才看到新闻后立马出去了,因为林茶之前就跟她说过她们的记忆千纸鹤是收集孩子们的情绪和记忆的,所以这件事可能跟林茶有关。

林茶转过头,说道:"单纯和善良刚才来找我,说所有的记忆千纸鹤都变成了灰色……然后就出现了孩子们抑郁的问题。"

闵景峰说:"别急,我会帮你的,这件事有可能是黑暗之主做的。"

林茶突然想到一个事情,对闵景峰说:"你帮我请个假,我一会儿就回来。"

说完,她转过身,撒腿跑了。

闵景峰看着她跑开的背影没有追上去,现在的他还不确定自己和黑暗之主的联系是怎样建立起来的,所以他不能跟着林茶去意识世界。

闵景峰转过头看到了不远处的黑暗之主,说道:"我知道这是你做的。"

黑暗之主只露出了一个意味深长的笑容,没有说话。

林茶快速回到了意识世界,单纯和善良还在为灰色的千纸鹤而发愁。

林茶一进来,立马问:"以前那些千纸鹤是被你们收藏在哪里的?"

单纯和善良立马就召唤出来一些有年份的千纸鹤,这些千纸鹤还是五颜六色的,但里面也混杂着一些灰色的千纸鹤。

林茶咬了咬牙,说道:"挑选出这些灰色的千纸鹤,然后放出去。"

这些灰色的千纸鹤里面存在的都是一些令人难过的记忆,比如说一个孩子的小伙伴都有零花钱用,但是孩子买一个本子都要小心翼翼地找父母开口。

这些事情在孩子长大后会认为并不是特别大的事情,但是孩子小时候其实会觉得非常难过。

"这些记忆放出去不合规定……"

林茶:"如果家长不理解孩子们的难过情绪,导致孩子们出了什么事情,那时我们才是真的负不起责了。"

林茶心里其实害怕极了,这么久以来,她虽然没有什么功劳,但是也没有出过大的纰漏,这次的纰漏这么大,她有点承受不起……

她必须果敢起来!承担自己应该承担的责任!

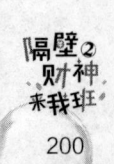

# 第十章
他想念那时他们可以时时刻刻在一起

林茶心里也怕大人突然想起了小时候不开心的记忆后,也会承担不起这种压力,到时只怕整个世界的局面会变得更加糟糕。

林茶给闵景峰发了信息——

"帮我多请半天假,我晚上可能也不能回来。"

闵景峰的信息很快就回过来了——

"需不需要帮助?"

林茶:"没事。"这个事情,闵景峰还真帮不了她。

林茶放下手机以后开始锁定大人们的灰色记忆千纸鹤。

每个人都会有灰色的记忆千纸鹤,这些记忆不多不少,基本上是儿童时期的产物。

林茶要做的就是把这些记忆挑选出来,然后放出去,有些太黑暗的记忆是绝对不能放出去的，因为对于大人来说那些记忆也太过沉重了，无法承受的大人很可能会心理崩溃。

林茶带着单纯和善良开始检查这些灰色千纸鹤里面的内容，确定里面没有特别黑暗沉重的记忆后，就把千纸鹤放了出去。

需要放出去的记忆千纸鹤实在是太多了，虽然她们只需要动一下意念就能检查一只，但这依旧是一个很大的工程量。

尽管学校和媒体都高度重视这一次的群体性事件，但是有不少家长觉得孩子能有什么抑郁的事情？

林茶能够看到有个孩子被脾气不好的父亲接回去的时候，父亲一上车就开始念叨："你们有什么不高兴的？看看你们现在想吃什么吃什么，想要什么有什么，你们现在享受的一切都是我们为你们打拼好了的，别皱着眉头看我——"

紧接着，一个灰色的千纸鹤落到了他的头顶，然后消失不见。

父亲脸上的表情出现了一瞬间的凝滞，他的内心一下子被不理解的悲伤包围了……

明明他没错，明明是隔壁家的林子先动手，结果他妈却打他，还拉着他到了隔壁家，一边打他一边骂他，说他是混混，说他以后没什么出息，说他不理解父母的辛苦……

明明那个时候他去读书为了省车费，天还没亮就摸黑走夜路……

所有人都觉得他不懂事，觉得他辜负了父母，没有人看到他的努力，看到他的孝顺。他突然觉得一股不被理解的委屈铺天盖地袭来，他仿佛一下子就回到了那个夜晚……

一米八几的男人眼圈一下子红了,看了看旁边安静坐着的恹恹的儿子,不知道为何仿佛看到了自己小时候。

他突然意识到自己变成了自己的父母了,每天不停地强调自己的付出,把所有的怨气都发泄在孩子身上。

他突然意识到儿子每天很努力学习,总是做作业到晚上十一点多,虽然成绩不好,可是他也从来没有放弃过学习,报的补习班也都去上了。

男人咬了咬牙,说道:"对不起,爸爸说话太冲了……"他至少跟父母不一样,他还有机会改。

林茶看到这里松了一口气,家长们只要别刺激孩子们就行。

那些原本就听进去了老师话的家长,在感受到灰色千纸鹤的情绪后,更加心疼孩子了。

林茶让单纯和善良继续监控着孩子们的动态,然后离开了意识世界。

虽然这个事情已经上报了,但是林茶不确定那边什么时候会派人过来解决,甚至上边会不会派人过来解决都不知道。

她一出来,首先看到的还是各种推送,大街小巷都在宣传这一次爆发的孩子们的抑郁问题。

林茶行走在街头,一路上能够遇到好几个带着孩子的家长。

这件事依旧没有什么线索,她到现在为止,依旧不明白黑暗之主这样做到底是为什么。

原本林茶想去找死灵和物理老师,如果说这一切是黑暗之主搞的鬼，那么这两位肯定是知道什么的。

然而还没等她去找死灵和物理老师，妒灵就先过来找她了。

妒灵看上去完全没有上一次那么憔悴，精神饱满，眼里还带着笑。

林茶见她这个样子，立刻就明白了之前的事情很明显是她在骗自己，只是林茶不明白，妒灵处心积虑闹这一出干吗？还向自己保证以后不做坏事。

林茶皱了皱眉头，开口问道："这一次的事情，是你们做的？"

妒灵毫不避讳地点了点头，说道："林茶，我特别喜欢你被我耍得团团转的样子。"

林茶原本还想问一下她保证了不做坏事的，现在觉得没有问的必要了，林茶突然想明白了妒灵本来就不是什么信守承诺的好人。

林茶冷静了下来，说道："你们一群人是不是心里扭曲？针对小孩子算什么本事，真这么厉害，直接冲着我来！"

妒灵耸了耸肩膀，毫不在意地说："我这不是来了吗？"

妒灵说完直接冲了过来。林茶感觉到了压迫感，心里一紧，想着不能硬拼，于是一个侧身躲过了妒灵的正面攻击。这时，妒灵身上散发着的黑气越来越浓。

不仅如此，还有源源不断的黑气从四面八方涌了过来。

那些……那些是孩子们身上的负面情绪。

林茶这下明白过来，愤怒地说："原来你们打的是这个主意！利用孩子们身上的负面情绪来壮大你们自己的力量！"

妒灵松了松身上的筋骨，如同鬼魅一般再一次冲了过来。

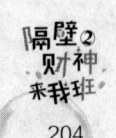

一直以来，林茶都明白她对付不了这些人，但这些人也没有能力对她下手，可是现在情况不一样了！

林茶来不及思考其他的，只能凭着本能躲避，好在她的速度足够快，好几次都躲过去了。

另一边的妒灵俨然已经变成了一个黑团，身上散发出源源不断的黑暗之气，就算林茶还隔着妒灵一段距离都能感受到黑暗之气的威力。

那股气息让她感到很不舒服，本能地想要离开。

可是林茶心里还想着要抓到妒灵，从妒灵身上研究出孩子们突然抑郁的真相，她有责任去解决这一切。

林茶再一次避开了妒灵的攻击后，左右看了看，想要找到办法困住妒灵，唯有困住她，自己才有可能从她身上逼问出真相。

可是，此时此刻实在是没有什么可以帮助到她。

等等！

林茶灵光一闪，突然想起她还的确有一个空间能够做到这个事情，只是有一些危险。

妒灵看着她一直躲避，忍不住嘲讽地说："林茶，你也有今天，有本事就跟我正面对抗。"

林茶说："好啊，正面对抗。"

紧接着，她一改刚才的回避状态，直接朝着妒灵冲了过去。

妒灵虽然不明白林茶的心思，但对自己现在的能力很有信心，完全没有避开林茶，反而加大了攻击的力度。

就在两个人要接触的瞬间，妒灵原地消失了。

林茶将她关进了自己的意识世界里。

下一秒，林茶也从街道上消失，来到了白雪皑皑的意识世界。

她刚到意识世界，就看到原本白雪皑皑的森林慢慢地变成了黑色的，妒灵在一点一点地蚕食她的意识世界。

林茶眯起了眼睛，眼前出现了很多场景——

小时候曾经遇到过的保姆抓着她的胳膊，撕心裂肺地吼："你跟你妈妈说说，阿姨没有打你，别让阿姨离开好不好？"

还有一个半大的孩子看着她，幽怨地说："为什么你这么好命，我们只能这样苦苦求生。"

还有初中时候的女同学："林茶，你要不是有那么好的家庭环境，你肯定得不到这个奖。"

负面情绪将林茶死死包围住，可是这一次林茶淡定了很多。

她本来就享受了来自这个世界的更多资源。

慢慢地……

这一切都消散了，原本被黑气环绕的世界慢慢地变成了白色。

另一边的妒灵睁开了眼睛，不可能！

妒灵再一次蹲了下来，脸贴着雪花，然后闭上了眼睛。

原本眉头已经松开了的林茶感觉到了更加深层次的难受。

紧接着，一种巨大的悲怆感向她袭来——

"求求你，救救我们……"

"求求你，救救我们……"

"好难受，为什么这个世界这么不公平……"

"为什么老天爷要这样对我?"

林茶是人类守护者,她能够感觉到人类的痛苦求助,可是她不能出手。

那些人类都是她一个一个看着长大的,她知道他们的痛苦,知道他们的成就,知道他们的一切,可是他们长大了,她再也帮不了他们了。

她如同一个绝望的母亲,看着孩子受苦却无能为力。

她就这样煎熬着,难受着,直到有一天,她违反了守护者的规则,对那些她看着长大的人伸出了援手。

然而,最后她却被他们解剖。

他们想知道为什么她有那样的能力。

痛苦,绝望,失望。

林茶整个人开始散发出黑色的气息,为什么她做了那么多,最后还要得到那样的结果?

后来,好像有一个人安抚了她所有的痛苦不安。

他害羞地整理了一下自己的衣服,然后小心翼翼地问她——

"你是仙女吗?"

她惊讶他能够看到自己,又看了看他破破烂烂的衣服,例行公事一样地问:"你想要什么?"

他想了想,然后说:"明天你能来吗?"

她想,他可能是要想想到底想要什么,跟其他人一样。

她虽然惊讶这个小孩居然拥有如此纯粹的心,能够看到自己,如果在自己没有对人类失望之前,可能会对这个孩子很好,可是现在她只想例行公事,其他的什么都不想做。

第二天她还是到了,她到的时候,看到昨天那个男孩子穿着干干净净的衣服,还是昨天的衣服,应该是专门洗了洗,然后烤干了。

"我送你衣服?"她问。

"不用不用,我自己有穿的衣服。再说了,男生不能拿女生的东西。"男孩子说道,从身后拿出了一根棒棒糖——

"请你吃。"

还是第一次有人请她吃糖,她接过了棒棒糖。

"你们做仙女的,每天忙不忙?"

"你们每天都去帮别人实现愿望吗?"

"你们是不是真的会飞呀?就像电视剧里面那样。"

她有点不耐烦:"你好吵。"

男孩安静了三分钟,表情特别憋得慌,仿佛有一个事情特别想问,但是又不能问。

她叹了一口气,说道:"允许你问一个问题,最后一个问题。"

"你是我的专属仙女吗?"

"不是,我是一大堆人的……守护者。"

"守护者是什么?保护我们的人吗?我能加入你们吗?"

"都说了只能问一个问题。"

尽管如此,不知道是不是吃了对方糖的缘故,她还是解释了一下——

"守护者的职责是守护童年时期的人类。"

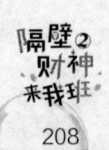

"就是保护小孩子,我懂了。"

从那以后,她每天都会去看看这个小话痨。小话痨从来没有向她要过什么,反而特别喜欢在她面前装小大人,时不时给她带点小东西、小零食。

渐渐地,他们变成了无话不谈的好朋友,她开始解答他那些奇奇怪怪的问题,也开始跟他说自己的一些事情。

后来林茶还会帮他教育那些欺负他的坏孩子,监督他学习。

原本以为等小话痨长大了,他肯定就看不到她了,没想到等他长大了依旧可以看到她。

不仅能够看到,小话痨还开始帮她做事。

林茶很快就清醒了过来……满目尽是花草……

她的意识世界变成了春暖花开的气候了。

林茶看到妒灵躺在草地上,身上的黑气已经尽数散去。

妒灵原本想攻击林茶的意识世界,让她心生歹念,放大她心目中对人类的仇恨。

妒灵没有办法凭空生出某一种负面情绪,能够做到的只是放大林茶心中已经存在了的某种情绪,可是林茶这辈子过得实在是太幸福了,哪怕她放大林茶的负面情绪后,也没有办法达到她原本想要的期待值,最后她干脆放了大招,想着反正都在林茶的意识世界里面了,直接去挖林茶最深层的负面情绪好了。

然而谁也没想到,林茶的那一部分负面情绪里面夹杂了她对一个人的记忆,一个对她非常重要,让她放下了仇恨的人。

林茶走到妒灵面前，她不再有之前被迫挑上重担时的恐慌了，有的只是从容和淡定。

妒灵不敢相信地看着她——"怎么可能，你怎么可能恢复记忆！"

"一切皆有可能。"林茶蹲了下来，掐住了妒灵的下巴，"我以为他会亲自出马。"

妒灵咬了咬牙："你别想从我这里知道任何事情，我是不会告诉你的，有本事你就杀了我。"

林茶松开了她的下巴，说道："想太多了，我是人类守护者，怎么会杀你？"

林茶离开时，压根儿没有半点要放妒灵出来的意思，直接就把妒灵扔在意识世界里面了。

林茶出来的时候，看到正好来找她的闵景峰，愣了一下。

林茶的感情和记忆仍然在她脑海中占据主体，可是，以前作为人类守护者的记忆也多多少少影响到了她。

林茶看着自己宠大的清秀话痨青年现在变成了——

跟自己敌人长得一模一样的沉默少年……

林茶心情可谓是非常复杂了，可是她并没有觉得闵景峰陌生，因为无论什么时候，无论少年什么外表，无论他被多少人误解，他还是那个正直勇敢善良的少年。

林茶走过去，伸手抱了抱闵景峰。

闵景峰被林茶突然抱住，有点蒙，紧接着心疼地问："怎么了？

是不是遇到什么事情了？别怕……"

"我没事，就是恢复了以前的一些记忆……"

等等！

林茶眯起了眼睛，她记得闵景峰说过甫川喜欢的人是她？

一瞬间，林茶感到有点尴尬。如果她没记错，那她前世是完完全全把甫川当作话痨小朋友的……

林茶能够想到的事情，闵景峰同样也是第一时间就想到了，两个人之间的气氛一下子就变得微妙了起来。

闵景峰扭头看向旁边的超市，以一副逃避状态对林茶说："你要不要吃点东西，我去给你买？"

林茶也觉得现在不是谈论这个的时候，于是点了点头："要……一瓶纯牛奶。"

闵景峰立马离开，他能够感觉到林茶依旧在看他，只是他不知道林茶心里是怎么看待他的。

闵景峰买了牛奶后，停了下来，透过超市的玻璃门看到站在对面的林茶。

她跟平日里没什么不同，身上还穿着平日在学校里穿的那件羽绒服，看起来活力四射。

这是他记忆里的人类守护者林茶很少有的状态，可是……

闵景峰犹豫了一下，还是朝着林茶走了过去。

"我还有一段你最后和黑暗之主同归于尽的记忆没想起来……"林茶开口说道。

闵景峰的视线依旧落在她身上，只是更多的是看她的头发，不去看她的眼睛，接着她这个话说道："那一段记忆我也没有。"

"不过，我能够有现在这部分记忆也很好，已经足以让我应付很多事情了。"林茶心里想说的其实并不是这个。

她不知道该怎么开口表达自己心里的感受，以前她向来是有什么就说什么，现在反而有点不好意思了。

两个人并肩走在大街上，林茶犹豫了一会儿，说："谢谢你。"

她对闵景峰要说谢谢的地方有很多，甚至光是语言上的谢谢已经完全不能够表达她心里的情绪。

闵景峰帮了她很多事情，闵景峰比她先记起前世的记忆，为了不让她对他愧疚，他什么都没有和她说，可能也不准备给她细说。

闵景峰听到她这话，想了想，说道："不用客气。"

闵景峰心里其实也很高兴，他是真的很高兴，很高兴能够帮上林茶，这样会让他觉得他们是同一个世界的人。

闵景峰看了看旁边的人，他们现在都是人类……他……

"等这件事情彻底结束了，我们……"

闵景峰这句话还没有说完，就被林茶打断了："这种话不能说。"

"你没发现电视剧里面的人只要说干完这一票，或者等事情结束后，我们要怎么怎么样，那就代表这个人活不了多久了……"林茶说道。

闵景峰电视剧看得少，不懂这个套路，同样不明白林茶说这话是真的在担心他，还是委婉地拒绝他。

林茶从来没有对他有过那种意思，一直以来，他们就只是朋友而已。

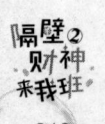

闵景峰收回了目光,说道:"嗯。"

两个人没走几步,林茶就收到了单纯和善良发来的信息。

上面那些人过来了。

林茶原本就对上面的人有点抵触,现在有了以前的记忆后,对上面的人更加抵触了。

她原本并不是人类守护者,她是被上面的人随机选中后才成了人类守护者,那时她的一切都不再受她自己控制。

林茶回到意识世界,果然看到了一群来兴师问罪的人。

如果是之前还没有恢复记忆的林茶看到这个场景肯定会惊恐一下,现在的林茶走过去,只有一脸淡定。

"林茶,你可知道这一次事情的严重性?"

林茶点了点头:"如果事情不严重,我也就不会通知你们了。"

林茶这次跟上司前面两次见到她时不一样了,上司皱了皱眉头,死死地盯着她,仿佛想要从她身上找出什么端倪。

林茶对于上司的目光丝毫不惧,说道:"我现在只是人类,并不能算人类守护者,所以这一次的事故不能算在我的头上。"

几个人眯起了眼睛,带头的人开口:"你恢复以前的记忆了?"

林茶点了点头:"算是吧,你们知道我的性格,现在人类什么样子,我不会管。"

带头的人说:"你这是什么意思?"

林茶看了看单纯和善良,又看了看这一群能力远远在自己之上,却没有办法直接帮助人类的人。

她说:"黑暗之主实力大增,现在正在谋划着什么,如果我继续以人类的样子生活下去,没有与之抗衡的实力,你们觉得最后的结果是什么?"

黑暗之主靠的是人类的负面情绪来增加自己的实力,而人类守护者靠的是人类的正能量情绪来增加实力。

已经恢复了记忆的林茶知道,凭现在的自己是不可能打败黑暗之主的。

人有正面情绪,就会有负面情绪,就像有光明,就会有黑暗。

黑暗永远存在,只是光明与希望,与之同在。

黑暗之主突然能够大幅度地增加人类的抑郁情绪了,那么他的能力将远远超过她。

林茶看着这些人,说:"我要做回人类守护者。"

林茶一个人离开了,她回到意识世界,她知道接下来应该怎么做了。

教室里的闵景峰看着作业本出神,以后林茶会越来越厉害,越来越不需要他。

这是好事,至少她不会轻易受到伤害了。

他记得林茶曾经说过——

她很想很想去帮助别人,很想让这个世界变得更美好。

她应该很快就有这个能力了。

只是——

闵景峰靠在椅背上,身体往后仰,他同样也记得她还说过的话。

"闵景峰,我没有能力去帮助保护别人,我只想尽我最大的能力保护你。"

闵景峰的手搭在眼睛上,是从什么时候开始,林茶不再围着他转了,她自己有能力去做个她一直崇拜的英雄,不需要围在他身边了。

他想念的不是她围着他,而是那个时候他们可以时时刻刻在一起。

## 第十一章
### 我不会伤害你

　　林茶依旧没有想通黑暗之主到底在打什么主意,两个人几乎没有正面对上过。

　　林茶回到市区,深夜路上没什么人,家里有孩子的基本上都在家里陪孩子了,这一次政府高度重视突然爆发的孩子全体抑郁问题,不仅仅新闻上一直在强调这个问题的严重性,并且社区也会给每家每户发宣传单,密切注视着每一个孩子的心理问题,再加上林茶之前为了让父母能够理解孩子们心里的感受,放出了不少父母的童年灰色的记忆,才暂时控制住了局面。

　　林茶心里明白,不能让孩子们继续处于这样的状态中了。

　　她想到了她的财神光环。

　　那个光环的名字还是她自己取的。其实财神光环能够给人带来的不只是财运，还能够安抚人心。

现在财神光环并没在她身上，而是在闵景峰身上，身为人类的闵景峰无法将财神光环的效果全部发挥出来。

"茶茶，他们已经走了。现在怎么办？"单纯和善良不知道什么时候出现在林茶的身后，轻声问道。

林茶回过头看着两人，她们已经跟了自己很多年了，她们所担心的仅仅只是如果这个事情没有处理好，她们可能会受到惩罚。

说到底，她们并不是人类，她们看过了沧海桑田，所以人类的伤痛对于她们来说不算什么。

林茶不怪她们，这个事情本来就不是她们的错。

林茶说："我知道了。你们先回去，稳定住其他的千纸鹤，继续查看千纸鹤的情况，如果千纸鹤有其他的异常，第一时间告诉我。"

"好的。"两个人立马就离开了。

她们离开后，林茶想起了被自己关在意识世界里的妒灵。

妒灵在里面大喊大叫没有得到林茶的回应以后，立马开始大肆地破坏里面的花草树木。

妒灵把花草树木都糟蹋了一遍，可是林茶的意识世界仿佛有生命力一般，总是等到妒灵把这里弄得一片狼藉之后，立刻又恢复了原样。

林茶见妒灵丝毫没有悔过的心，也没有准备配合她，依旧继续关着她。

林茶需要去找找死灵和物理老师，这两个人从相遇开始就一直待在一起，她只要找到其中一个，就一定能够找到另一个人。

林茶几乎毫不费力地找到了物理老师的住址,死灵也在里面。

敲开门,林茶在他们惊讶的目光中走了进去。

"不欢迎吗?"林茶走进去后,观察了一下房子里面的布置,此时液晶电视上正播放着关于孩子们的情况。

这里就是一个普普通通的家庭环境。

林茶说道:"你们过得挺好的。最近什么都没有做,你们的黑暗之主没有找你们麻烦吗?"

死灵吊儿郎当地关上了电视,然后从旁边拿了一个橘子开始剥了起来。

"我们的主没你想象的那么残暴,不像你们那边常年无休,我们偶尔也要放年假。"死灵说道。

旁边的物理老师开口说道:"老师也是为你好,林茶,你现在已经是人类了,何必再蹚这浑水。"

林茶看向物理老师,说道:"那老师你呢?为什么也要蹚这浑水?"

"因为我不是人类。"

"再说,你已经恢复记忆了,你现在完全可以带着闵景峰一起离开,你也不是人类守护者了,肯定不会受到惩罚。"

林茶:这是要策反吗?

旁边的死灵开口:"咱们也算是一起斗过不少年头了,你看你变成人类的时候,我们也没有对你下死手。"

林茶:"你们倒是很想下死手。"

她当然清楚这群人,打得过就打,打不过就服软。

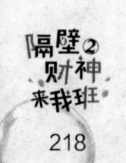

很明显,他们刚才看到她的时候就已经知道她恢复记忆了,也清楚她恢复了大半能力。

既然她恢复了大半的能力,那么她想要报复他们也无可厚非。

林茶也不想跟他们继续磨磨叽叽下去,直接进入话题——

"黑暗之主到底想做什么?他跟闵景峰到底是怎么回事?"

此时林茶身上散发出了金色的光芒,死灵和物理老师见事不对就想跑,然后下一秒就被林茶按在了旁边的墙上。

林茶一步步走过去,再一次逼问:"他到底是什么目的?"

死灵被这光烤得很痛苦,额头上都是汗水,太阳穴的青筋暴突,咬牙说道:"我们也不知道,他联系上我们后,就让我们放年假了。他什么都没有告诉我们。"

旁边的物理老师也点了点头,艰难地说:"按照你们人类守护者的规矩,你不能这样对我们,你这样是违反规定的。"

林茶:"你们不是爱打小报告吗?可以去打我的小报告啊。"

林茶来找这两个人,也没有指望能够直接拷问出什么。

林茶查看了两个人的记忆后,发现他们俩说的都是真的。

黑暗之主到底在计划什么?

第二天,林茶还是得去学校上学,刚到学校就发现大家看她的目光有点奇怪。

林茶稍微听了几句,就大概明白是怎么回事了——

"林茶怎么会变成这样,居然因为杜灵喜欢闵景峰,就对杜灵做出那种事情。"

"唉，林茶真的变了，她以前明明又可爱又善良，现在变化好大，也不怎么跟我们说话……"

"对啊，以前她经常跟大家一起玩，现在都只跟闵景峰一起玩了。"

林茶："……"我也想分身出来跟大家一起玩，但是我现在顾不了那么多。

这不是重点，重点是，怎么突然妒灵的事情就变成她要背的锅了？

她跟闵景峰还真是天生一对，两人都是背锅狂人。

林茶倒不至于生气，只是在琢磨着这是不是黑暗之主的什么阴谋。

不对，林茶立马就想明白了，黑暗之主这是在逼着她把妒灵交出来，不然她就要面对这么多同学的误解。

黑暗之主这个行为倒是让林茶明白在黑暗之主的计划中，妒灵非常重要。

但遗憾的是，黑暗之主大概给了妒灵什么特殊的力量，林茶没有办法看到妒灵的记忆。

林茶走进教室，发现闵景峰正要跟人打架。

林茶吓了一跳，赶紧去把闵景峰拉开。

和闵景峰打架的男生看到林茶，愤怒道："林茶，你这个恶毒的人，你对杜灵做了什么？"

闵景峰本来就生气，现在这个男生还当面骂林茶，他更加生气了，上去就要打人。

林茶拍了拍他肩膀，说道："冷静点。"

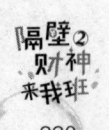

林茶很久没看到闵景峰对其他人这么生气了,他自己被冤枉的时候都不计较什么,没想到别人只是说了几句她的坏话,他就生气了。

林茶开口:"你拿出证据来,要不然报警也可以。再乱说一句,我告你诽谤。"

那个男人本来还想说什么,却被其他的男生拉出去了。

林茶这才回过头,看向闵景峰:"你干吗跟这些人一般见识。"

闵景峰看着她的眼睛,不说话,林茶第一次看懂了闵景峰的心,少年的眼里是炙热的情感。

原来……他一直都是这样看着自己的……

闵景峰身上散发着黑气,他身上已经很久没有散发出黑气了。

林茶看着很担心,小声说:"你别放在心上,我没事。"

闵景峰回过头,看了看林茶,眼里还有点委屈。

闵景峰自然是委屈的,最近一段时间他过得实在是不好。黑暗之主对他的精神摧残从来没有间断过,如果不是他有足够强大的内心,早就撑不下去了。

闵景峰自己被冤枉也好,没有得到别人的赞美也罢,他都无所谓,但他不能够忍受林茶承受这样的事情。

"我没事。"林茶仿佛被闵景峰灼热的目光烫到了,慢慢地移开视线,声音软软地说,"你不要这么冲动。"

闵景峰见她完全没有受到影响,勉强冷静了下来,开口说道:"我知道。"哪怕他知道还是会生气,他们都不知道林茶有多好,在她没有得到特殊能力的时候努力去维护他,有能力了就努力承担自己的责任。

在他心目中,这些人真的没有资格评价林茶。

林茶突然想起这段时间自己太忙了,两人不再像之前那么亲近,于是说:"我不在乎这个事情,你也不用放在心上。我们先去上课吧,中午一起去吃午饭。"

林茶一边说,一边捏了捏闵景峰的手,见他身上的黑气慢慢退去了,才放开他的手。

林茶发现每次只要自己和他有肢体接触后,闵景峰身上散发的黑气很快就会散去。

林茶突然想到闵景峰现在对她有其他方面的感情,脸忍不住红了。

上课铃声响了,林茶回到自己的座位,她看上去很平静,似乎在认真听课。

只有林茶自己知道,她现在满脑子都是刚才闵景峰看她的那个眼神,想的也都是闵景峰以前说过的话。

闵景峰……对她……有那种意思吗?

林茶看着课本,不知道自己心里是欢喜,还是其他什么感觉。

其实也不算不知道,她潜意识里是有一个答案的。

林茶手托着脸颊,能够感觉到脸颊传来的热度。

至于其他同学的目光,林茶通通没有在意。

中午,林茶跟闵景峰一起去食堂吃饭,两个人打好了快餐,然后面对面坐了下来。

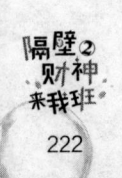

两个人选的位置比较偏远，这边都没什么人，方便两个人交流。

闵景峰开口说道："有那些记忆对你来说是不是压力很大？"他们现在不像以前那样什么话题都可以聊了。

闵景峰问问题也比较谨慎小心。

林茶扒拉扒拉了自己餐盘里的饭菜，"嗯"了一声。

她想了想，又继续说道："你暂时什么都不要做，保证你自己的安全就行，我会想办法处理这些事情。"

上一世甫川为了帮助她赔上了一条命，不仅如此，现在的闵景峰还赔上了十几年的悲惨时光。

林茶怎么想都觉得亏欠了闵景峰，也不知道该怎么补偿他。她现在能够做的就是确保他这辈子不要再重蹈覆辙，确保他以后能够幸福快乐。

闵景峰抬起头，看向林茶，开口说道："是因为我是人类吗？"

前世，作为人类的甫川见多了林茶的辛苦与无奈，不止一次提出要做林茶的助手，希望自己能够帮助她，但是每一次都被她拒绝了。

那个时候，他心里就一直藏着这样一句话。

"你从来不愿意我帮你，是因为我是人类吗？"

林茶听到这话，皱了皱眉头，看着闵景峰说道："没有。我只是觉得我应该自己处理这些事情，不应该把你牵扯进来，我已经连累你一次了，不能再连累你第二次。"

闵景峰眼神里多了一些伤感的情绪，他固执地问："我们之间一定要分得这么清楚吗？"

林茶一时之间不知道应该怎么回答,她的理智告诉她自己不应该感情用事。

闵景峰紧张地等林茶回话,他想要林茶说点什么,可是又害怕林茶说点什么。

林茶能够感觉到自己也紧张了起来,她忍不住低下头,小声说道:"我不是那个意思……"

林茶其实也不是要跟闵景峰分清楚,她欠了闵景峰那么多,哪里能够分得清楚,她之所以这样说,是担心闵景峰出事。

闵景峰听到这话,愣了一下,也不再问了,两个人安安静静地开始吃饭。

林茶想起了前世的很多事,她作为人类守护者的记忆很长很长,但是真正让她觉得开心快乐的记忆却只有一段而已……

那就是她跟甫川相处的那些记忆。

林茶大概能够明白为什么从一开始自己就特别依赖闵景峰了。哪怕自己忘记了所有的事情,在看到闵景峰的那一刻,也会不由自主地信赖他。

林茶越想越觉得闵景峰对她真的很重要,她抬起头,看了看有点食不下咽的闵景峰,小声说道:"我刚才不是想跟你分清楚,我只是害怕你出事,你对我来说真的太重要了。"

闵景峰愣了,不一会儿耳朵红了起来,林茶已经好久好久没有对他说这样的话了。

以前林茶几乎是时时刻刻都会说她有多喜欢他,但是后面慢慢地

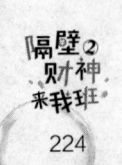

林茶就不说了。

现在两个人仿佛回到了之前的日子,不仅如此,林茶现在恢复了以前的记忆,她这样说……

林茶看着闵景峰眼里迸发出了奇异的色彩,也忍不住开心,恨不得说更多好听的话,让他更加开心。

只是现在不是很乐观的情况让林茶不得不担忧,她只能说道:"无论什么时候,你都要保全你自己。"

黑暗之主在不远处看到这一幕后,对他们几乎恨得牙痒痒,然而他也只能看着,却没有办法继续靠近了。

晚上回去的时候,黑暗之主嘲讽道:"闵景峰,你不过是个人类而已,你一定会为你的选择后悔的。"

闵景峰看了看黑暗之主,漫不经心地回到房间,开始看新闻,看看能不能找到什么线索。

黑暗之主跟了过去,看上去愤怒极了,怒斥道:"你只是一个人类!你只有几十年的寿命!她现在已经做回人类守护者了!"

闵景峰拿了旁边的耳塞,塞进耳朵,继续看新闻,新闻上正在说这一次孩子们身体检查问题。

黑暗之主恨极,然而却无法对闵景峰做什么。

林茶同样在看新闻报道,还有她爸通过关系帮她找到的各种研究数据,这些研究数据还没有公开。

林茶翻了翻这些研究数据,都是对孩子们的研究报告、身体检查报告,以及一些问卷调查。

林茶并没有发现什么异常,来来回回翻了好多遍。

林茶皱着眉头,她不相信黑暗之主能够凭空让这些孩子变成这样,他肯定是通过了某种手段,只要能够找出来,她就能够对症下药了。

孩子们的问卷调查也很正常,那天孩子们就是跟平常一样去上学,跟平常一样朗读,但就是忽然间,他们就觉得世界变得很没意思,整个人也不想动了。

大大小小的孩子都是一样的情况。

黑暗之主想要让这么多孩子全部一起中招,其实是很难的。

除非——

林茶突然意识到,和所有的孩子的情绪连接的地方只有一个,就是单纯和善良负责的意识世界。

她一直想的是,黑暗之主和妒灵在外面对孩子们做了什么事情,导致了孩子们的记忆千纸鹤变成了灰色。

其实可能是黑暗之主和妒灵对记忆千纸鹤做了什么事情,导致孩子们变得抑郁了。

林茶想通了这一点后,突然站起来,立马回到了意识世界。

单纯和善良还在看着孩子们的千纸鹤,灰色千纸鹤在林茶进入意识世界的时候,立马就涌了过来。

林茶安抚地挥了挥手,然后走到了单纯和善良身边——

"记忆千纸鹤变成灰色的那一天,意识世界有没有发生什么事情?"林茶问道。

单纯和善良听到这话,对视一眼,然后开口说道:"那天跟平常

一样,没有发生什么特别的事情。"

林茶不相信,以黑暗之主和妒灵之前被大幅度压制的实力,他们要对这么多孩子出手的话,实在是很难。

单纯和善良见林茶不相信,于是回忆了一下,说道:"那天我们和平常一样照看记忆千纸鹤,只是一盏茶的工夫,就发现所有孩子的记忆千纸鹤通通变成了灰色。"

"在那之前,有没有什么异常的情况?"

"也没有。"单纯和善良回忆了一遍,"都很正常,并没有出现奇怪的事情,而且我们每次回到意识世界,都会确定一遍身上有没有带回不好的东西。"

林茶皱了皱眉头,难道自己猜测错了?

不会,这是目前为止最合理的解释,林茶再一次开口说道:"你们俩再仔细想想,一定有什么地方是被忽略了的。"

单纯忍不住说:"我们这么多年来一直都很小心谨慎,他们不可能从我们这里找到突破口。"

善良跟着点了点头:"这里是非常安全的,他们绝对不可能渗透进来。"

林茶心里很气,但还是耐着性子说道:"那你们跟我解释一下现在是什么情况?"

林茶说道:"黑暗之主之前的能力被削弱,他甚至连对我出手都做不到,怎么可能对那么多孩子下手?妒灵后期的实力虽然在不断地增长,但是很大一部分的力量只是来自孩子们心目中产生的少量的负面能量，这样的他们怎么可能有能力直接影响那么多的孩子，他们一定是通过了某种方式渗透了意识世界，直接在意识世界感染了孩子们的记忆千纸鹤。"

单纯和善良都安静了下来，开始认真地想之前的一些事情。

然后，单纯突然开口说道："之前，我们被妒灵堵截过。"

林茶也记得那一次的事情，就是那个时候她发现妒灵的能力在增长。

林茶回忆了一下，那个时候的妒灵的确不太对劲，当时她赶到的时候，妒灵也没有太恋战就离开了。

所以，当时她并没有做太大的猜想，现在回想起来也确实是疑点重重。

林茶回过神，捏住了单纯的手腕，她身体里并没有什么异常情况。

林茶放开了单纯的手，捏住了旁边善良的手，这一次林茶咬了咬牙。

果然……

林茶一手把善良拉了过来，问："你有没有觉得身体哪儿不舒服？"

善良已经猜测到问题出在自己身上了，她心里也慌了起来，说道："我……我没有……"

林茶虽然头疼，但还是安抚了一下她的情绪，说道："先别急，我们先确定根源，从那一次跟妒灵接触以后，你有没有出现什么不舒服的情况？"

善良赶紧说："我想想。"

林茶没有那么多时间放任她好好想这个问题，自己直接闭上了眼

睛，抓出了妒灵放在善良的记忆里面的黑色千纸鹤。林茶拿出这个千纸鹤的整个过程很顺利。

林茶捏着黑色千纸鹤，这就是导致所有孩子们的千纸鹤变成灰色的罪魁祸首。

林茶皱了皱眉头，头疼另外一个问题，她现在的确恢复了大部分人类守护者的能力，可是她现在还没有净化这个黑色千纸鹤的能力，反而是拥有财神光环的闵景峰有这个能力。

林茶捏紧了拳头，突然意识到黑暗之主并不怕她发现这个黑色千纸鹤，黑暗之主算是做了两手准备。

如果这个黑色千纸鹤没有被她发现，那么他们的计划少了一个绊脚石，能够更快地进行下去。

如果被她发现了，那么也是她该头疼。

因为她就算拿到了这个黑色千纸鹤，也没有能力净化它，想要净化它就必须把它给闵景峰。

可是她并不能把这个黑色千纸鹤带出意识世界，一旦带出去了，黑色千纸鹤里强大的负能量将会影响到外面的人类。

可是，如果不把黑色千纸鹤拿出去，那么她就得让闵景峰进入意识世界。

林茶担心这有可能是黑暗之主最想看到的结果，黑暗之主本身就跟闵景峰存在某种联系，如果林茶把闵景峰带进意识世界，会带来怎样的危险也未可知。

林茶不得不面临着这个大问题，进退维谷。

旁边的单纯和善良安静地等林茶的指示。

孩子们的事情肯定是不能再拖下去了,她现在已经有了办法解决,只是需要承担的风险有点大。

林茶犹豫了一下,只能把黑色千纸鹤放回去,然后去找闵景峰,看看两人能不能找到新的对策。

闵景峰此刻正在看新闻,现在已经出现了各种各样的理论,他都看完了,但是都没有太靠谱的说法。

他还是认真地做了笔记,再次抬头就看到了面前的林茶,她愁眉不展地看着他开口说道——

"我遇到了一个大难题。"

闵景峰愣了一下,她这是在向他求助吗?

想到这里,他心里涌上了喜悦。

"怎么了?你说,我看看我能不能帮上忙。"

林茶把黑色千纸鹤的事情告诉了闵景峰,把自己进退两难的事情也告诉了闵景峰。

闵景峰听完后,开口说:"不一定要你把黑色千纸鹤带出来,或者我进意识世界。你可以把这个光环从我身上取走,这本来就是你的东西。"

听到这话,林茶皱了皱眉头,然后摇了摇头说:"人类要戴这个光环必须承担常人不能承受的痛苦,你已经承受了这么多年的痛苦了,现在好不容易融合了光环,这个东西就是你的了。"

没有道理让他承受痛苦,最后好处都给她。

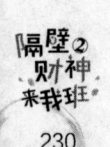

闵景峰倒是不在意这些,说:"我从来没有想要这个。"

他当初之所以接手这个光环,是因为不想林茶经历那么多挫折。

"有没有什么办法把这个还给你?"闵景峰对于光环的了解当然是比不过光环的原主人的,所以开口问林茶。

林茶摇了摇头,很坚持地说:"没有。"

闵景峰跟林茶相处的时间并不是一两个月,还要加上上一世的很多年,对她的了解几乎已经刻进骨髓里了,她这话一说,闵景峰立马就明白,肯定是有办法的。

此时跟在闵景峰身后的黑暗之主,突然开口说:"你如果死了,光环就会回到林茶身上。"

闵景峰看了一眼不远处的黑暗之主,露出了一个笑容。

黑暗之主很明显一点都不了解他,现在的情况不容乐观,林茶不得不面对死灵、物理老师、妒灵以及一个神经病似的黑暗之主。

她自己那边只有两个拖后腿的战友,以及一群看热闹的上司。

就这种情况来说,闵景峰觉得自己还不能死。他怎么都不可能留林茶一个人独自面对这样的情况,他怕没人帮她。

他怎么都不会放弃自己的生命,无论怎样,他都要亲自守护林茶,守护这个她想要守护的世界。

黑暗之主是不能够感觉到他的内心的,忍不住嘲讽道:"你不想自我牺牲,但是你确定林茶也是这样想的吗?你确定她不会用你的命去平息这一次的危机吗?

"她也已经知道了你和我的密切联系,如果杀了你,她很有可能能够重创我。"

闵景峰:"……"这人天天都在想着给人洗脑。

林茶来之前压根儿没有想过闵景峰出的这个主意,因为她知道闵景峰需要付出什么代价,所以她就没有考虑过这个问题。

她既要结束危机,又要闵景峰平平安安的。

林茶自然是不可能拿闵景峰的生命去冒险的,但是她的确需要光环的帮助,才有可能解决这一次的危机。

林茶走到闵景峰身边,说道:"我不会伤害你。"

闵景峰很自觉地闭上了眼睛,因为他基本上已经知道了林茶想要看看能不能用其他的办法接触到他身体里的财神光环。

小区里并不安静,时不时地还能传来一两声犬吠,旁边的黑暗之主还在叨叨——

"她如果想要对你下手,你怎么办?"

"人类守护者可没有那么爱人类,说到底,你跟她不是同类。你的生命只有区区几十年的时间,在她看来就是弹指一瞬间,你是几十年后死亡,还是现在死亡,对她来说也没区别。"

黑暗之主眼神中尽是恨意,闵景峰看得愣了一下,他一直都知道黑暗之主跟林茶有很大的过节,他以为是双方立场不同所带来的过节,但是此刻,他突然觉得黑暗之主这个表现很明显就是触碰到了伤心回忆的仇恨。

闵景峰心里有了主意,眯起了眼睛,看向林茶,开口极尽温柔地说:"我知道你不会伤害我,就算有一天你想伤害我了,我也甘之如饴。"

他低下头，让林茶能够摸到自己的头，在林茶面前，他愿意这样做。

林茶真的想要他这条命的话，他也不是不给。

林茶见他认真地看着自己，如今他眼里的很多东西，林茶都能够看懂了，只是她不知道该怎么回应。

闵景峰更多的注意力放在不远处的黑暗之主身上，果不其然，他看到黑暗之主暴怒了。

闵景峰收回视线，轻轻地靠在林茶身上，更加方便她能够接触自己身体里的光环。

闵景峰比林茶高大很多，他靠过来的时候几乎就像是把林茶搂在怀里一般，两人看上去亲密极了。

林茶甚至能够清楚地闻到他身上淡淡的阳光的味道。

她的心跳莫名地加速，当然也没有忘记正事，赶紧检查闵景峰身体里的光环。

最开始闵景峰的光环是在头顶，那时光环还没有完全融合进闵景峰的身体，后面融合了财神光环后，光环就在闵景峰身体里面了。

林茶检查了一遍，就发现自己能够跟光环产生某种共鸣，但是她还没有办法直接把光环取出来。

林茶皱了皱眉头，然后退了出来，安抚地摸了摸闵景峰的头。

"没事，你好好休息，我再想想办法，天无绝人之路，我们肯定还有其他的办法。"

闵景峰不动声色地看了一眼不远处的黑暗之主。黑暗之主在旁边看着他们，想直接杀死闵景峰和林茶的心都有了。

闵景峰收回注意力,温柔地摸了摸林茶的头发,说道:"如果别无他法,我愿意做你任何想做的事情。"

林茶心里一疼,她突然意识到闵景峰今天似乎特别喜欢说这样的话,觉得他有点奇怪。

林茶有点担心地问:"你今天怎么了?总觉得你好像怪怪的,如果你是在为这个事情担心的话,完全没有必要,我会处理好的。"

闵景峰摇了摇头,说道:"我真的没事,只是突然意识到了一些小事情,你先回去处理其他事情。"

闵景峰送走了林茶,目光自然就再一次回到了黑暗之主这边,黑暗之主看上去非常愤怒,闵景峰觉得如果他的实力一如既往的话,那么此刻自己必死无疑。

闵景峰并不惧怕他,反而开口说:"我一直以为你们之间只有立场不同的仇恨。"

黑暗之主已经意识到自己的失控情绪暴露了心中的一些秘密,他厉声呵斥:"闭嘴!你这个低贱的人类!"

很明显,这样的恐吓对闵景峰完全没有影响,反而黑暗之主的气急败坏暴露了更多的事情。

闵景峰缓缓开口说道:"林茶以前跟你认识?她是因为什么伤害了你?"

闵景峰继续说:"若是她伤害了我,我也不会报复她。"

黑暗之主的脸色更加难看了,闵景峰仿佛学会了平时黑暗之主用语言刺激人的能力,他继续插刀——

"也不对,她是真舍不得伤害我。"

闵景峰的语气变得轻快了起来——

"她说过,她保护不了其他人类,但是可以保护我。"林茶当初说的是,闵景峰有能力保护其他人,她自己没有闵景峰的能力,所以她就好好保护闵景峰一个人。

闵景峰很明显就是在偷换概念,一直以来,黑暗之主都在他身边,想要找到他精神上的弱点,想要直接击溃他,他又何尝不是这样?

黑暗之主果然更加愤怒了,他死死地盯着闵景峰,一字一句地说:"我要你死!"

闵景峰云淡风轻地开口:"我不会死,林茶会保护我。"

闵景峰仿佛找到人能跟自己拉家常一样,继续分享道:"我刚才还在想如果林茶就这样结束我的生命,我也挺高兴的。

"但是她舍不得伤害我,她宁可冒着让人类受苦的风险,也舍不得放弃我。"

闵景峰的报复非常明显了,谁让黑暗之主在他耳边叨叨了那么久。

## 第十二章
### 跟看到你的时候不一样

林茶从闵景峰这里离开的时候,并没有闵景峰的好心情,因为单纯和善良告诉了她新的消息——

"孩子们现在的情况越来越不乐观了,已经有孩子承受不了抑郁的情绪,有自残倾向了。"

林茶听到这话,心里一紧,赶紧赶了过去,好在这段时间大人们对孩子们非常关心,及时阻止了孩子们的行为。

林茶看着慌乱的家属和脸色平静的孩子们,走了过去,忍不住摸了摸孩子们的头,以前只要她做这个动作,就能够在很大程度上帮助孩子摆脱低落的情绪。

而现在,她没有那个能力了。

单纯和善良跟着林茶在这边待了一会儿,又去巡查了其他孩子的情况，最后快速地回到了意识世界。

林茶回到意识世界后，第一件事自然是去查以往的案例。

前世的她有一个习惯，每隔一段时间她都会删除一部分记忆，因为人类守护者活的时间久了，记住的事情太多了，会变得更加无聊。

林茶现在能做的就是翻自己以前删除的那些记忆，看看能不能从里面找到有用的信息。

在林茶彻夜难眠的时候，闵景峰看到了电视节目，电视节目上提到有孩子因为情绪失控而出现的种种情况，希望家长们要多加注意。

原本安静下来的黑暗之主，突然开口说道："若是这样的情况一直持续下去，你说她是选择你还是选择她的责任。"

闵景峰原本算是扳回了一局，心情好了不少，已经开始整理自己总结出来的一些线索。

"我不会让她落入这种境地。"闵景峰特别不要脸地说道，"再说了，我到时候要是为了人类英勇牺牲了的话，离开的时候还是少年模样，不用变老，她会生生世世都记得我最耀眼的模样。"

黑暗之主："……"以前怎么没发现这个人这么不要脸？

闵景峰纯粹是被黑暗之主逼的，要是有人在你耳边没事就念念你在意的人会如何杀了你、会嫌弃你的话，无论是谁，一旦抓到了一个反击的机会就会死命攻击那个人的。

黑暗之主现在是说一句，闵景峰能够回怼一堆话，并且一定要重点强调林茶在乎他、舍不得他。

这话听起来，还挺让人舒服的，闵景峰心情很平静，就像是他跟黑暗之主说的那样，他接受林茶放弃自己，只是现在不是时候，如果林茶都没有想其他办法就直接放弃了他，林茶自己肯定也会后悔。

闵景峰身上是有光环的，但是现在光环的能力被黑暗之主大幅度地削弱了。

闵景峰闭上了眼睛，主动跟旁边的黑暗之主说话："你以前也是人类。"

闵景峰说这话的时候，很平静，很淡定。

其实一开始闵景峰就觉得黑暗之主有点奇怪，他以前一直以为像黑暗之主这种大人物肯定是不苟言笑、杀伐决断的性格。

闵景峰真正遇到黑暗之主以后，才发现这个人在没有了杀伐能力后简直就是一个神级话痨，一直想要洗脑他、想要击垮他的心理防线。

对于黑暗之主这种兵不血刃的方法，闵景峰觉得有点奇怪，而且更加重要的是，黑暗之主太喜欢拿他的人类身份说事了，闵景峰敏锐地感觉到有什么问题。

所以闵景峰才说黑暗之主以前肯定是人类这样的话来炸黑暗之主。

黑暗之主听了这话后，立马否认："并不是。"

闵景峰一副我知道你曾经是人类的表情看着黑暗之主。

黑暗之主："滚。"

闵景峰笑道："既然你曾经也是人类，又何必为难人类。"

闵景峰看向黑暗之主，想要从他这里获得有用的信息。

孩子们出现的问题自然是跟黑暗之主有关系，他心里也跟林茶一样，为这些孩子们的问题焦虑。

黑暗之主听到他再一次强调人类身份，一下子忍不住了，说道："你想要证明什么？还是说你现在后悔了，刚才不是还大义凛然地要去死吗？"

闵景峰："如果我死了，林茶肯定会伤心难过。我当然要找找其他办法。"

黑暗之主成功地被这句话气到了，气得完完全全不理会闵景峰了。

林茶连夜翻看自己以前的记忆，居然看到了一些与黑暗之主有关的记忆。她震惊了，原来她好久以前居然跟黑暗之主认识，不仅如此，那时他们还是朋友。

黑暗之主以前是人类，他很特殊，且家庭幸福美满，还能够看到林茶。看到这里，林茶皱了皱眉头，黑暗之主那时明明看上去也是一个不错的人类，后面发生了什么事情让他变成现在这个样子？

林茶想象不出来到底发生了什么事情，会让他变成现在这个样子？

但是……就在林茶看完了一些无关紧要的信息以后，发现后面的记忆没有了。

林茶好不容易才找出点端倪，结果线索一下子就断了，她整个人都不好了。

于是，林茶赶紧去找单纯和善良。

单纯和善良听到林茶这话，立马说道："当时的记忆千纸鹤都是茶茶你控制的，我们也不知道为什么记忆会少了很多。"

善良小声补充道："那是您的记忆，我们没有资格去动。"

林茶看着单纯和善良,没有说话。

单纯和善良看着林茶,再三保证了一个事情——

"茶茶,我们是动不了你的记忆的。"

林茶也不便责怪她们,只是开口说:"我知道了,你们继续观察孩子们的动态,不要让他们出现什么意外。如果有事第一时间通知我和孩子的父母。"

林茶吩咐完以后,时间已经是早上了,她还是没有忘记回学校上课。她这两天基本上都没有睡觉,好在在意识世界里的时候,她的身体是默认在睡觉的,所以虽然累,但还不至于崩溃。

上学,肯定还是要上学的,就像物理老师,哪怕有再大的事情,他也得回来上物理课,不回来的话就得跟校长请假,找老师来代课。

无论是人类守护者还是死灵他们,大家都有一个默认的规则,那就是不能暴露自己的异常。

林茶回到教室的时候,其他同学已经在早读了,林茶看了一眼坐在最后一排的闵景峰,发现他也正在看自己。

他的眼神深邃包容,林茶仿佛被烫到了一样,立马收回视线。

现在不能想其他的事情。

林茶上课的时候,总是忍不住在想自己到底和黑暗之主有什么渊源。

黑暗之主一直都存在,他靠着人类的黑暗面强大起来,并且不断地让自己的手下去诱发人类心灵深处最黑暗的一面。

林茶之前还通过其他人的一些记忆千纸鹤看到了黑暗之主曾经做

过的事情。

杀伐决断，毫不手软，林茶从来没有在现实生活中见过对孩子都能下那么狠手的人。

等等！

林茶突然意识到了什么，猛地站了起来。

讲台上正在讲课的英语老师被林茶吓了一跳，开口问："林茶，有什么问题吗？"

林茶立马弯下腰，抱住肚子，表情痛苦地说："老师我肚子疼，想请个假去厕所。"

英语老师自然是不会为难林茶，说道："去吧。"

林茶立马跑了出去。

她整个人都很兴奋。

人类守护者绝大多数时候守护的孩子都是原生家庭不太好的孩子。

黑暗之主小时候家庭幸福，按理说，林茶应该不会跟他有太大的牵扯。哪怕黑暗之主能够看到自己，毕竟那个时候她的事情很多，每天都很忙。

唯一的解释是，这里面有什么自己不知道的事情。

刚才上课的时候，她突然想起来自己曾经通过别人的千纸鹤看到过黑暗之主的过往，也就是说黑暗之主能够出现在别人的记忆千纸鹤中。

她完全可以去找黑暗之主周围的人的记忆千纸鹤，这样就可以在一定程度上了解到当时两人到底发生了什么事情。

林茶来到偏僻的地方，立即回到了意识世界。

"茶茶？"单纯和善良看到林茶的时候，还有点奇怪，这个时间点林茶应该在上课，她基本上都不会逃课。

林茶开口说："黑暗之主还是人类的时候的资料在哪儿？"

单纯和善良对视了一眼，然后把资料调了出来。

林茶接过资料，原本是想找到黑暗之主的父母的记忆，之后意识到黑暗之主的父母成年以后的记忆千纸鹤不会来到意识世界了，所以她找黑暗之主父母的意识千纸鹤是没有用的。

林茶重新在黑暗之主的关系网里面找他的同龄人。

很快就找到几个符合条件的人。

林茶立马拿着那几个人的资料回到了收藏历年千纸鹤的地方，去找他们的记忆千纸鹤，希望能够从中找到一些线索。

林茶恢复了人类守护者的能力之后，要找到这几个人的记忆千纸鹤并不是难事。

很快，她的意识便进入了他们的记忆千纸鹤幻象里面。

那是几百年前的事情，彼时还是封建王朝时期，古代人们的阶级意识分明。

黑暗之主那时叫作凌天行，是皇帝的嫡子，深得皇帝的宠爱，小小年纪就被封了太子。

林茶此刻进入的记忆千纸鹤是黑暗之主身边的小太监的。

林茶知道自己经历过这个朝代，但是如此真实地看到完全又是另一种感受。

她看着少年太子光芒四射，无论是面对大臣还是皇弟，都有着自己的规矩。

他收拢人心的能力很强，宫中上上下下，没有不喜欢他的人。

他宽厚待人、性格温良，深得皇帝皇后的宠爱，林茶怎么都不太明白这样子的他怎么会变成以后那个连小孩子都不肯放过的黑暗之主的。

由于小太监几乎全天跟着太子，所以千纸鹤里的这些画面很完整，只是怎么没有看到自己出现？按理说，他们应该是认识的。

林茶刚这样想，就在御花园里看到了自己，她身上穿着这个朝代的衣裙，头发被简单地束了起来。

她正弯腰把被另一个皇子杖毙的小宫女抱了起来。

她在哭。

林茶看着也想哭，她在如今所处的年代压根儿没有见过这种事情。

那个时候的自己，是人类守护者，有守护每一个孩子的责任，可是她却又不能真正做点什么，只能这样看着。

无论是哪个时期的林茶都是一样的，在她心目中，孩子是一个宝贵的生命，来到这个世界就应该被保护，并没有高贵低贱的区分。

林茶听到旁边的太子问道："你是哪个宫中的宫女？见了孤为何不下跪？"

林茶听到了自己旁边的小太监当即跪了下来，惶恐地说道："殿下，那个宫女已经死了。"

小太监以为太子在问已经死去的那个小宫女，但是林茶知道，太子问的是当时作为人类守护者的她。

黑暗之主当时作为人类，能够看到人类守护者林茶。

林茶现在在记忆里同样也能看到当年的自己。

当年的自己看向太子，轻声问道："你能看到我？"

然后她离开了。

太子是什么心理活动她不知道，但是林茶通过小太监的记忆发现了太子很聪明，他没有追问什么，只是不动声色地开始寻找自己。

其实林茶也很容易被找到，因为宫里处于水深火热中的孩子实在是太多了，林茶一般会在这些孩子身边。

林茶通过小太监的记忆，看着当年的自己努力给宫里的小太监小宫女们饭里加点肉，努力让他们避免责罚，看到了太子就这样不动声色地观察着自己，没有告诉任何人，包括他的心腹。

林茶原本以为，他们会这样两厢无事，直到后来太子出宫办事，回来的雨夜遇到了刺客。

小太监在这一场刺杀中奋力护着太子，被刺客刺中胸口，当场死去，他最后看到了一袭白衣出现。

林茶一脸蒙地醒了过来，当时那个现场除了小太监和太子是未成年人，其他人都是成年人，所以她没有办法再去看当时发生了什么事情，除非她能够找到黑暗之主的记忆千纸鹤。

这当然是不可能的，林茶连自己当年的一些记忆千纸鹤都没能找到，更何况黑暗之主的记忆千纸鹤。

不过林茶立马又找到了另外一个小太监的记忆千纸鹤，再一次回到了往日记忆中。

经过林茶的调试之后，这一次画面直接跳到了那一场刺杀之后。

林茶不知道当时刺杀现场发生了什么事情，最后太子虽然受了一点轻伤，但还是活着回来了。

林茶还记得当时现场已经没有其他能保护太子的人了，所以太子必然是被自己救了。

林茶通过这个贴身小太监的记忆看到太子不肯吃药，还听到他没好气地说："孤怎么可能跟其他人一样？"

小太监被呵斥着离开了房间，留下太子一个人。就在小太监离开房间的时候，林茶听到了一个温柔的女声。

"你不吃药是怕药里被人动了手脚？放心吧，有我在这里。"

林茶算是解开了一个疑惑，原来她就是这样跟黑暗之主认识的？

不过按理说，自己应该算是黑暗之主的救命恩人，他后来怎么也不应该对自己那样吧？

再说了，他这个身份，这个地位，怎么也不应该变成那个样子。

没过两天，林茶通过小太监的记忆看到自己和太子相处得还挺好的。

林茶不知道该说什么，观看这一幕，林茶总是忍不住回忆起他们在现实生活中针锋相对、你死我活的场景。

在两人针锋相对的时候，自己没有这些记忆，而黑暗之主依旧记得一切。

林茶就这样安静地看着小太监的记忆，准备看看到底是什么原因导致了两个人分道扬镳，导致了要风得风、要雨得雨的太子沦为了黑暗之主。

太子一点一点长大，对宫里未成年的宫女太监很好。林茶偶尔还能看到两个人一起聊天，太子甚至连自己对于父皇皇弟的一些意见都说给了林茶听。

这两人的关系可以说是越来越亲密了。

林茶其实也大概明白了为什么作为自己会跟一个家庭幸福、高高在上的太子成为朋友了，因为林茶跟太子处好关系，能够在很大程度上为宫里的这些未成年孩子们谋取福利。

时间过得很快，太子娶太子妃了。

林茶所附身的小太监也成年了，记忆千纸鹤到此就没有了。

林茶再一次回到了现实中，被这种断断续续地追更给坑得没脾气了。

她继续找合适的小太监，看看能不能继续看下去……

这时，她手机响了。

林茶看到了闵景峰发过来的信息——

"你那边没事吧？"

林茶这才想起来，自己请假上厕所了，现在马上就要下课了，自己必须赶紧回去，要不然的话老师就会看到厕所里面没人。

于是，林茶把剩下几位合适的小太监的记忆千纸鹤扔进了自己的意识世界。

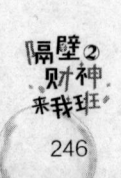

下一秒,林茶回到了厕所,出来的时候正好是下课时间,一出来就看到从教室里走出来的英语老师。

英语老师关切地问:"林茶,你没事吧?"

林茶自然是摇了摇头,说道:"我没事,谢谢老师。"

林茶一回到教室,就被闵景峰拉到了外面的走廊上。他关切地问道:"你去做什么了?没事吧?"

林茶心里琢磨着,通过剩下那几个太监的记忆,自己应该能差不多看到整个真相,于是说:"我去找我跟黑暗之主的恩恩怨怨。"

林茶心里有一种非常奇怪的直觉,她只要找到了她跟黑暗之主的恩怨,说不定就有办法解决这一场灾难。

闵景峰听到这话,愣了一下,神情有点不自然地说:"我有一个事情没有跟你说。"

林茶见他表情有点不自然,于是说:"没事,如果不方便告诉我,可以不用跟我说。"

林茶自己就有很多不方便告诉闵景峰的事情,所以她特别能理解这种事情。

闵景峰听到林茶这样说,心里叹了一口气,说道:"并不是不方便说,只是我有一定的私心。"

林茶听到闵景峰说有私心,也没有生气,大概是她心里已经认准了无论闵景峰有怎样的私心都不会伤害她。

黑暗之主一听到闵景峰这话,脸上表情一下子就难看了起来,大概猜到闵景峰要说什么了,立马出言威胁道:"你想要说什么?闵景峰，做人要学会给自己留后路！"

闵景峰犹豫了一下，倒不是因为听了黑暗之主的话，是自己的确不太想告诉林茶这个事情。

最后，闵景峰还是决定把自己知道的黑暗之主的过往告诉林茶。

闵景峰听到林茶说她在查这个的时候，就决定告诉林茶了，闵景峰怕她查错方向。

"黑暗之主可能是你前世的爱人，后来你可能因为一些事情而选择放弃了他。"闵景峰是通过黑暗之主的一些反应推测出来的。

闵景峰说出"爱人"的时候，心里很不舒服，尽管林茶活了那么多年，有一两个爱人也是很正常的事情。

林茶听到"爱人"的时候，特别震惊，看着闵景峰，不由自主地开口说道："我……"

旁边的黑暗之主看到林茶这个表情非常不舒服，但是到底什么都没有说。

闵景峰再一次开口："我是推测的。"

闵景峰没有说自己每次提到林茶舍不得自己的时候，黑暗之主有多扭曲的事情。

林茶到底还是被这事震惊了一下，不过她的反应没有黑暗之主的反应激烈。黑暗之主看到林茶这个表情，脸立马就黑了，恶狠狠地开口说道——

"林茶，你好样的！"

闵景峰听到这话，心里更不是滋味了。

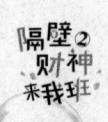

林茶听不到黑暗之主的话,她看着闵景峰有点失落的样子,心里也忍不住发涩。

闵景峰开口说:"就是这些,我回去看书了。"

林茶见他要走,忍不住拉住他的手,轻声说:"我觉得我前世应该跟他不是那种关系。"

闵景峰回过头,看向林茶。

林茶咳了咳,说道:"虽然我已经没有那个时候的记忆了,但我还是觉得我不可能跟他是那种关系。"

她在面对黑暗之主的时候,只有愤怒和仇恨的情绪。但是她面对闵景峰时,她心里充满了怜爱,想要保护他、想要跟着他、想要把这个世界上所有最美好的东西都送给他。

这个差别真的很大。

林茶看着闵景峰的眼睛,说道:"以前的我看到他心里只有愤怒,跟看到你的时候不一样。"

林茶说完就放开了闵景峰的手,有点着急地说:"我回教室看书了。"

留下了站在原地发呆、没有反应过来最后那句话是什么意思的闵景峰。

闵景峰原地站了一会儿,林茶的那句话在心里不断地循环,就连旁边黑暗之主的愤怒都被他完全忽视了。

她说——

"跟看到你的时候不一样。"

她还说——

"以前的我看到他的时候,心里只有愤怒。"

她说这个话是在否定她以前跟黑暗之主曾有过恋人关系。

可是,最后那一句跟看到你的时候不一样是什么意思?

闵景峰心里有一个答案呼之欲出,霎时整个人的状态都不一样了,回教室的脚步都轻盈了不少,甚至还主动跟同学打招呼问好。

林茶低着头假模假样地看书,旁边的同桌开口说:"咦,闵景峰居然笑着跟人打招呼了,这么高兴,是中大奖了吗?"

林茶脸一红,继续看书。

下一节课是物理课,物理老师的专业水平还是不错的,给人以副业是黑暗之主的手下,主业才是物理老师的感觉。

林茶还想着自己乱七八糟的事情,她虽然跟闵景峰说了,自己应该跟黑暗之主没有过恋爱关系,可是她想起自己那漫长生命,以前的她会不会有几个前任?

林茶一想到这个情况,就觉得头疼。

很快,她就被物理老师叫起来回答问题。

林茶知道物理老师肯定会有事没事为难自己,所以平日里对物理还是很上心,自然都回答上了。

下课后,林茶第一时间匆匆离开了教室,回到意识世界。闵景峰在教室里看到林茶离开的背影,他曾经无数次看到过林茶匆匆离开的背影,但这一次,他心里依旧是甜的。

自己心里甜就算了,闵景峰在草稿本上写上——

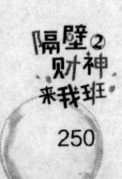

"跟看到你的时候不一样!"

"跟看到你的时候不一样!"

越看这一行字,心里越觉得甜滋滋的。

当然,这里的甜建立在旁边的人的愤怒上。

其实闵景峰现在已经不在乎到底他们是不是有过情侣关系了,是又怎么样?林茶没有那段记忆并且还否认了。

不仅否认了,而且还是通过这样的方式否认。

闵景峰只觉得自己仿佛被棉花糖砸中了身体,仿佛生命中所有的苦涩都退去了一样。

下课休息时间有二十分钟,对于林茶来说,也差不多够了,毕竟意识世界里的时间跟外面的时间流速是不一样的。记忆千纸鹤里面的时间流速跟意识世界里面的时间流速又是不一样的。

林茶快速地来到了自己的意识世界。

这一次林茶还没来得及看记忆,就看到了面前出现的男人。

林茶察觉到了不对劲想要跑,下一秒就被男人捏住了下巴,男人缓缓开口说道:"林茶,为什么要这样对我?"

林茶看着这张陌生的脸,心头涌上了一种奇怪的感觉,她知道男人就是黑暗之主。

说实话,到目前为止,她并没有跟黑暗之主起过正面冲突,但是她本能地觉得这就是黑暗之主。

他的手扼住了她的咽喉,还在不断地收紧。林茶看着这个人,费力地开口说道:"你为什么能够进入我的意识世界?"

哪怕是到了这种时候,林茶的关注点永远都是歪的。

听到这话,黑暗之主把林茶扔开了,冷笑一声:"你以为我无法进入你的意识世界吗?我们曾经是情侣,我自然能够进入到你的意识世界中。"

听到这话,林茶太阳穴突突直跳,黑暗之主要不要这么快就来打她的脸?她才刚刚跟闵景峰承诺了自己跟黑暗之主之间绝对是清白的。

不过现在不是纠结这个事情的时候,林茶开口说道:"既然你我是情侣关系,那为何你不让我看完我所有的记忆?我的记忆千纸鹤是被你破坏了吗?"

黑暗之主看向林茶:"你觉得你背叛我以后,还能够这样命令我吗?"

林茶道:"你吼我也没用,我没有记忆的,我对你说的一切话都没有感觉,并且都持怀疑态度。"

林茶这样说的主要目的是为了刺激黑暗之主,从而让他给她恢复一些记忆。

黑暗之主知道所有的一切,她不仅什么都不知道,论阴谋诡计心智还全都不如黑暗之主。

如果林茶能够恢复一部分跟黑暗之主有关的记忆,至少不会像现在这么被动。

黑暗之主也不是傻子,哪怕听到林茶这样说,也只是说:"你觉得你现在还可以像以前那样利用我吗？"

林茶听到这话，有点不自然地摸了摸鼻子。其实林茶看到小太监的记忆后，就已经发现太子在很大程度上帮了她的忙。

林茶面对这个问题，还有点心虚，只能说："可是我什么都不知道，我没有记忆，你这样的指控对于我来说什么都不是。"

黑暗之主："……"

他越想越生气，走到林茶旁边，蹲了下来，开口说："你对闵景峰那个低贱的人类真是不一样。"

林茶"……"虽然人类这个种族称不上多高贵，但是闵景峰的灵魂绝对是高贵的。

当然这个时候不是抬杠的时候，林茶安静地听着就好了。

黑暗之主被林茶这个乖巧听话的样子气到了，又开口说："你是以同样的手段让他对你这么死心塌地的吧？"

林茶："……"在这一瞬间，不知道你在为谁鸣不平。

林茶瞅着这人快走火入魔了，说道："其实，咱们如果真的有一段过去，虽然我们分开了，但是也不是不可以心平气和地谈谈。"

黑暗之主近距离地看着林茶，冷笑："你永远都只会这样的招数，可惜有些招数用过一次就够了。"

林茶忍不住说道："我又没有以前的记忆了，我怎么知道有些招数已经用了一次了？"

干吗不把以前的记忆给她？他这样指责她渣、欺骗人感情就有理有据了？

林茶试探地说:"你不如先把以前的记忆还给我,现在你指责我,我心里其实毫无波动,甚至还有点想笑。"

黑暗之主听到这话,脸都气绿了。

林茶再接再厉继续说:"而且,我一点都不觉我以前跟你有过恋爱关系。"

黑暗之主听到这话彻底暴动了,再一次掐住了林茶的脖子:"你想死!"

林茶:"……"黑暗之主的这个反应很不对。

她心里越来越怀疑黑暗之主的话的真实性了,如果他们真的有过恋爱关系,黑暗之主何必如此恼羞成怒?

虽然林茶是在自己的意识世界里面,但还是晕了过去。

黑暗之主看着已经晕过去的人,然后开口说:"是你先背叛我的,是你先利用我的,是你先抛弃我的。"

另一边,整个课间闵景峰心情都特别好,他时不时地抬头看门口,林茶肯定会在上课之前回来。

然而第三节课的上课铃已经响了,闵景峰还是没有见到林茶回来的身影。

闵景峰给林茶的爸爸发了信息,让他给班主任请假,毕竟林茶爸爸是家长,请假这种事情比较方便。

闵景峰有点不安地看着门口,希望林茶快点来。

一直到下课时间,林茶依旧还没有来。

林茶也不是第一次像这样耽搁上课的时间了,如今更加重要的事情是解决外面孩子们的问题,所以林茶可能因为这个事情而耽误了。

闵景峰这样安慰自己,林茶肯定不会出什么事情,林茶是人类守护者,黑暗之主他们这群人都很难真正伤害到她。

他刚想完这些事情,就看到林茶回来了。闵景峰盯着林茶看,跟以前不一样,林茶回到教室以后,没有第一时间看他这边。

闵景峰虽然觉得有点奇怪,但是并没有太在意,他只要林茶能够平安回教室就行。

这节课的最后十分钟可以说是非常难熬了,好不容易下了课,闵景峰赶紧走到林茶的座位前,问道:"你没事吧?"

林茶抬起头,露出了礼貌而陌生的笑容,说道:"我当然没事。"

闵景峰总觉得哪里怪怪的,但还是说道:"没事就好,下一次有什么事情一定要提前跟我说。"

他心里还想着之前林茶提到的"跟见到你的时候不一样"这句话,林茶这句话的意思已经不言而喻了吧。

闵景峰看向林茶的目光,越加温柔了起来。

林茶想了想,开口说道:"闵景峰,一会儿吃午饭的时候,我想跟你说个事情。"

闵景峰对上林茶的眼睛,点了点头。

另一边,真正的林茶缓缓醒了过来,发现自己被关在了小木屋里,这里是之前关着妒灵的地方。

林茶皱了皱眉头，妒灵哪儿去了？

这时，黑暗之主走了进来。

林茶皱了皱眉头，开口说："我想不明白。"她仿佛就是在跟一个老朋友谈事情一样，语气温和。

黑暗之主看到她态度温和，在她旁边坐了下来，说道："你想不明白什么事情？"

林茶开口说道："我想不明白，为什么你会这样对我，也想不明白你到底有什么目的。"

林茶缓缓说道："按照我从其他人那里得到的信息，人类守护者和黑暗之主斗争了百年了，如果说咱们除了单纯的立场冲突以外，还有感情冲突，按理说你应该早就已经把我给杀了出气。"

黑暗之主在林茶旁边坐了下来，讽刺地开口："你此刻想不明白的就是这个事情？你不想知道你在乎的人现在在做什么吗？"

林茶几乎是脱口而出："闵景峰怎么了？"

黑暗之主听到这话，一下子脸就黑了。

林茶才意识到自己说了什么，愣了一下。

黑暗之主咬牙切齿地开口说道："为什么是他？为什么会是一个人类？难道他就不是你看着长大的吗？"

他说这话的时候愤怒极了，林茶心里一跳，抓住了很重要的信息。

她以前绝对跟作为人类的黑暗之主是清白的，而且很有可能，她拒绝黑暗之主的理由是她曾经看着黑暗之主长大的，黑暗之主是人类之类的。

林茶也不知道自己具体怎么拒绝人家的，给人家留下了这么深的心理阴影。毕竟是自己前世的烂摊子，该收拾的还是要收拾的。

　　林茶并没有表现出来自己听出了黑暗之主的言外之意，而是安抚地说道："也不算，我现在已经没有以前的记忆了，也算是人类，所以我和他是同类。如果我看着他长大，我肯定就不会对他有这种感觉了。"

　　林茶这话说出来真的一点都不心虚，毕竟自己真的是一个高中生，跟闵景峰相遇相知时大家正好都年龄相当。

　　黑暗之主笑了，开口说道："那你可以和我一起欣赏这出好戏。"

　　说完以后，黑暗之主挥了挥手，只见小木屋内的中央出现了一个液晶大电视，电视屏幕上正播放着林茶教室里发生的事情。

　　林茶看着电视屏幕上的自己和闵景峰说话后，艰难地转过头，看向黑暗之主，实在是忍不住要吐槽了："你有没有觉得你的格局有点小？"

　　林茶发誓，她之前还对黑暗之主特别防备，总担心他会做出重建世界秩序这种奇怪的事情来，所以终日惶恐不安，担心以自己的能力不足以对抗全盛时期的黑暗之主。

　　黑暗之主转过头，看向林茶，很明显他又被气到了。

　　林茶赶紧转过头，继续看大屏幕，不再提刚才格局的事情，说道："你这是怎么做到的？"

　　黑暗之主脸色发黑，说道："你不要想着转移话题。"

　　他恶趣味地看着林茶，说道："你已经毁了我一生了，那把你这辈子赔给我。"

林茶愣了一下，立马就反应过来，黑暗之主是准备把她囚禁在她自己的意识世界里一辈子。

林茶看向电视屏幕上跟自己长得一模一样的人，突然明白了什么。

林茶简直不敢相信，她心里还在担忧另一件事，于是说道："那你是准备一直把我关在这里吗？"

黑暗之主："……"他真的恨透了林茶这副天不怕地不怕、万事尽在她掌握中的样子。

林茶这次真是被冤枉了，她之所以这么淡定，仅仅是因为她觉得恐慌也没用。

黑暗之主转念一想，以后自己可以关林茶一辈子，于是也就冷静了下来，开口说："自然是，到时候你就会明白，我过的什么日子。"

林茶点了点头："虽然你这个计划不错，但是也有一个问题，外面那个女人是妒灵吧，如果到时候你们不解决这一次的祸乱，我上司就会亲自来处理，你觉得妒灵能够瞒过去吗？"

黑暗之主仿佛看透了林茶心思一样，说："你还在担心那些人类孩子。"

林茶："……"

黑暗之主突然笑了出来："闵景峰如果知道你这个时候担心的还只有人类，压根儿没有想到他，他会是什么表情？"

黑暗之主凑了过来，看着林茶的眼睛，说道："其实你根本就不是真的在意他，你只是在利用他帮你解决危机、利用他拖延住我。"

林茶忍不住了，开口说道："我今年十七岁，还是一个高中生，一年之前我还在好好学习、天天向上。"

林茶真的觉得自己巨冤！

黑暗之主听到这话，又安静了一会儿。

林茶继续说道："虽然不知道原本的人类守护者和你之间有什么样的矛盾，但是可以确定一点，这些都和现在的我没有关系。"

林茶看着黑暗之主的眼睛，黑暗之主同样也看着林茶。

林茶知道黑暗之主可能对自己没多少情感，主要是冲着自己报仇来的。虽然他的格局有点小，但是可以确定，黑暗之主肯定比自己想象得厉害。

不过黑暗之主一时半会肯定也不会要她命，毕竟对于他们这种长生的人来说，死亡真的不是令人恐惧的事情，反而其他痛苦更加能够折磨人。

林茶也不怕什么，她现在心里就挂念两个事情，一个是外面的孩子们的情况，如果被关在这里一段时间后，黑暗之主会迫于一些压力必须解除孩子们的危机，那么林茶觉得倒是很值得。

另一个就是闵景峰，林茶怎么可能不担心闵景峰。

黑暗之主不知道是被林茶的话激怒了，还是有其他的什么事情要做，很快就离开了。

他一走，林茶就松了一口气，拿出手机，本想给闵景峰发条短信，结果发现手机暂时没了信号，应该是黑暗之主干的。

林茶："……"

不过，有一个事情让林茶很惊讶。

黑暗之主为什么能够进入她的意识世界？难道以前两个人的关系真的这么好过？按理说，应该不至于。

林茶看向电视大屏幕，看到同学们都在上课，林茶此刻什么都做不了，既然出不去，那就干脆跟着上课。

以前闵景峰住过这个小木屋，所以这里纸和笔都有，还有草稿本和课外书。

林茶拿了一个草稿本过来记笔记，记着记着，发现了一个问题。

她翻了翻闵景峰以前打草稿的时候的页面。

上面大多数都是一些公式或者计算，但是偶尔也会出现一两句话——

"茶茶还没有来……"

"林茶，林茶……"

也没什么特别的话，只是林茶看到自己的名字时，愣了一下。

## 第十三章
### 想把最美好的东西都给你

林茶看着自己的名字被这样写出来,心里有种奇怪的感觉。

她甚至能够想象当时的场景。当时她的意识世界里还是冰天雪地的场景,小木屋外面狂风呼啸,大雪封山。闵景峰一个人坐在温暖的壁炉前,在纸上一笔一画地写下了她的名字。

林茶也不知道自己在想什么,只觉得胸口位置暖暖的、胀胀的。她突然很想很想看到闵景峰。

她同样在纸上写下了闵景峰的名字。

林茶——闵景峰。

闵景峰写下来的"林茶"二字,和林茶写下来的"闵景峰"三个字并排,这样一看就好像两人关系非常非常紧密。

就在这时,电视屏幕那边传来了一阵响动,林茶的注意力重新放在电视上，一看吓了一跳。

原来是闵景峰拉着那个假的林茶去了操场。

林茶看着闵景峰拉着假林茶的手腕，尽管假林茶跟自己长得一模一样，林茶依旧觉得很不舒服。

这真的是一种全新的体验，如果不是妒灵在外面，林茶会怀疑自己是不是被妒灵用某种手段勾起了内心深处的负面情绪。

林茶看着两个人在操场上讲话。

闵景峰看着"林茶"，说道："是不是发生了什么事？我觉得你有点过于紧张了。"

"林茶"开口说："我没事，我只是在犹豫一个事情。"

闵景峰："什么事情？你可以告诉我。"

此刻黑暗之主并没有在他周围，闵景峰可以毫不避讳地和林茶说话了。

"林茶"听到闵景峰这话，欲语还休地摇了摇头，说道："我还能想到其他的办法……"

林茶在小木屋里看到这一幕后，心跳加速了起来，突然意识到了一个很严重的问题。

黑暗之主的确不用担心孩子们的情况，他其实可以直接拯救那些孩子，只要他想办法从闵景峰那里拿到光环就行了。

林茶这下子真的着急了，她既不能丢下那些孩子不管，也不能牺牲闵景峰。

林茶闭上眼睛,尝试走出意识世界,可是她睁开眼睛的时候,发现自己依旧在意识世界里。

她再一次闭上眼睛,尝试着强行突破黑暗之主设下的限制,然而无论她做出怎样的努力,直到脑袋仁儿都开始发疼了,依旧出不去。

电视屏幕上的假林茶没有直言自己想要取回光环,林茶却知道,假林茶肯定过不了多久就要说出来了。

林茶在小木屋里面急得团团转,焦虑地从这头走到了那一头,她现在甚至连小木屋都出不去。

现在林茶身边唯一能利用的就是这个小木屋和几只记忆千纸鹤。

等等,林茶突然意识到她的确是出不去,但是这些记忆千纸鹤是能够出去的,她完全可以通过千纸鹤通知单纯和善良。因为这都是意识世界,记忆千纸鹤们直接可以从这个意识世界跳跃到另外一个意识世界去。

林茶说干就干,很快几只携带着她的话的记忆千纸鹤离开了小木屋。

记忆千纸鹤离开后,林茶依旧没有放弃自己找出口的想法。

她必须快点出去扛起自己的这份责任,绝对不能让黑暗之主对闵景峰下手。

林茶重新尝试突破意识世界,可是她的意识世界固若金汤,怎么都出不去。

她意识到自己太焦躁了,这样的焦躁情绪对她实在是有害无益,她赶紧冷静了下来,重新想办法。

她安静下来,开始看电视屏幕上的闵景峰。

闵景峰此刻也是百思不得其解,坐在教室的后面,在思考林茶的问题。

闵景峰总觉得哪里不太对劲,但是又说不上来,到底哪儿出了问题?

林茶透过屏幕看着严肃认真的闵景峰,不得不承认他长得可真好看。

她看着看着,同样也皱起眉头来,闵景峰现在太危险了,自己不出去的话,他就是孤身作战。

现在只能寄希望于单纯和善良能够明白她这边发生的事情,赶紧过来救她。

单纯和善良赶过来的时候,同样急得团团转,但是她们一点办法都没有。

林茶:"……"她其实一点都不需要跟她一样急得团团转的人。

"你们去通知闵景峰,告诉他,千万不要上当。"林茶说道。

单纯和善良迟迟没有动,林茶皱了皱眉头,再一次重复说道——

"你们去通知闵景峰,告诉他不要上当。"

这个时候,原本急得团团转的单纯抬起头,说道:"如果他上当了,这一次的危机就结束了。"

林茶简直不敢相信自己的耳朵,一直以来她觉得单纯和善良都有点笨笨的,老是闯祸,可心还是好的。可是现在,林茶仿佛重新认

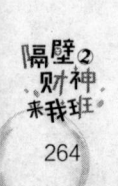

识了两人一样。

林茶有点不敢相信："你们……"

这个时候，黑暗之主出来，对她们摆了摆手，于是单纯和善良都走了。

林茶后知后觉地意识到她们的身份，而且她们必然是要在这个时候暴露的，不然就得按照她所说的话去告诉闵景峰了。

林茶咬了咬牙，原来她跟闵景峰一样，也是孤军奋战。

这就能够解释单纯和善良处理那些事情时为什么老是出现问题了，这么多年两人就算是笨也应该熟能生巧了。

这同样也能够解释，为什么孩子们的记忆千纸鹤被污染得那么快，一定是单纯和善良还做了其他的手脚。

林茶有点颓废地坐在了沙发上，看向黑暗之主，没能控制住自己的情绪，开口吼道："你到底想要什么？"

黑暗之主看到她终于生气，笑出了声，心情愉悦起来："我在帮你做选择，你自己选不了，我可以帮你选，你是选择一个人还是一群人牺牲？当然是牺牲一个人，拯救一群人了。"

林茶就算是傻子也能听出来什么意思，黑暗之主明显是在影射她曾经做出过同样的选择，同样又在生气她现在不能做这样的选择。

林茶咬了咬牙，愤怒地说："很不好意思，我没有以前的记忆，我对你跟我说的事达不到任何共鸣，更不会后悔当初做了这样的选择。"

林茶就是挑明了，没有记忆的她，的确能够体会到痛苦，但悔恨是不可能悔恨的。

　　黑暗之主暴躁了起来,林茶想这人明明就跟闵景峰长着同一张脸,可是她居然都没有觉得两个人长一样了,两人给人的感觉实在是相差太大了。

　　林茶一副死猪不怕开水烫的样子,黑暗之主很快妥协,咬了咬牙,从他自己身上取出一只记忆千纸鹤还给林茶。

　　林茶知道这就是自己缺失的记忆千纸鹤,千纸鹤应该是被单纯和善良偷偷地给了黑暗之主。

　　她的记忆千纸鹤进入她的身体后,她立马想起了所有的事情。

　　太子成亲以后,人类守护者林茶依旧继续做自己的事情,可是好景不长,谁能够想到快要迈入老年期的皇帝在民间遇到了真爱,后来还把那个女子从民间带回来,册封为贵妃,还说只要贵妃诞下麟儿,便是下一任皇帝。

　　太子知道这些事情后,性情大变。不久贵妃怀孕了,皇帝将她保护起来,两个人仿佛过上了寻常夫妻生活。

　　太子自然是要为自己谋条生路的,他算计好了一切,就等着贵妃生产时让她一尸两命了。

　　然而,人类守护者林茶把母子两人都救了下来。

　　后来太子直接逼宫,杀了那对母子,自己坐上了皇位。

　　林茶:"……"

　　林茶也可算清楚黑暗之主所谓的背叛、所谓的伤心是什么事情了。

太子当上皇帝以后，有个小地方出现了瘟疫，林茶作为人类守护者不得不去那里帮助孩子，与此同时作为皇帝的黑暗之主同样也感染上了瘟疫，急需林茶的帮助。

彼时，林茶是靠着财神光环的力量治愈病人，一旦她中途离开，那些人将必死无疑，所以，最后死的人是黑暗之主。

林茶恢复记忆后觉得自己巨冤，她原本还特别担心自己是不是牺牲了黑暗之主去完成什么事情，或者两个人真的曾经是情侣关系。

现在才发现，黑暗之主作为皇帝的时候，三宫六院一个没少，作为太子的时候，太子妃侧妃一个没少，所谓的背叛简直是无稽之谈。

黑暗之主当时还是皇帝的时候，宫里有两位数以上的太医，各种药材丰富，资源齐全，那么多人伺候着他，另一边的难民们却什么都没有，要想活下来全靠天命。

她作为人类守护者，对人们来说就是天命，她怎么可能放下那些人？

难怪黑暗之主要把她这一部分记忆抢走，迟迟不还给她。林茶已经在心里服了这些人的脑回路了，这种事情都要甩锅在她身上。

林茶睁开眼睛，没有讽刺黑暗之主，而是开口说道："当时情况实在是特殊，我当时考虑到你宫里有那么多太医给你治病，你肯定能撑一段时间，如果我离开了那些难民，那他们必死无疑。"

黑暗之主听到这话冷笑道："既然你当初能够做出这样的选择，现在同样也能够做出这样的选择，对吧？要不然你怎么能是最称职的人类守护者呢？"

林茶看着他得意的脸，恨不得两巴掌扇上去，这两件事完全不一样好吗？

这一次是拿闵景峰的命换其他人的命，闵景峰又不欠谁的，为什么就要这样牺牲？

他这辈子已经够苦了，林茶实在是不忍心再看到他经历苦难。

林茶知道这应该是黑暗之主的执念了，既然是他执着了大半辈子的事情，肯定不是她一两句话就能够说通的。

林茶只能继续寻找有没有什么方式能够帮助自己回到闵景峰身边，或者能够找到什么方式拯救那些人，无论她出不出去，这都是她最大的难题。

黑暗之主见她安静下来，以为她是在后悔当年的事情、后悔自己的决定。

黑暗之主看看屏幕上的闵景峰，觉得是时候该行动了。

闵景峰完全不知道自己已经被安排得明明白白了，中午跟"林茶"一起吃午饭，尽管"林茶"吃着跟以前一模一样的菜式、说着跟以前一模一样的话，闵景峰依旧敏锐地察觉到"林茶"很不对劲。

闵景峰给"林茶"夹了一筷子菜，有点不好意思地问道："上一次你跟我说的最后一句话是什么意思？"

"林茶"抬起头来，神情自若地说道："最后一句话？"

闵景峰开口说道："就是你跟我解释你和黑暗之主没有关系的时候的最后一句话。"

"林茶"这下子蒙了,黑暗之主跟她说了所有的事情,唯独没有说这个,但是她很快就冷静下来,说道:"你猜我是什么意思?"

闵景峰一直在观察"林茶"的表情,各个细节都没有放过,听到这句话的时候,他开口说:"我就是猜不到是什么意思,所以才要问你。"

"林茶"娇嗔道:"可以啊,咱们关系这么好,你连这个都猜不到,也太不够意思了。"

闵景峰:"那你告诉我,我下一次一定记住。"

"林茶":"哪有那么多机会,我只说一次的,你自己慢慢想,想起来了跟我说,要是一直想不起来,别怪我不客气!"

闵景峰面上什么都没有露出来,只是温柔地笑了一下,说道:"其实我只是想亲口听到你跟我说。"

"林茶"听到这话,心里可算是松了一口气,看来闵景峰并不是发现了什么不对劲的地方,只是单纯地想要确定他们的关系。

林茶听到他们的对话,在闵景峰试探地问话的时候,她心目中已经升起了希望,觉得闵景峰那么聪明,肯定能够察觉到端倪,结果没想到他最后轻飘飘地说了这么两句话。

林茶的内心是崩溃的,不知道该怎么形容自己的心情。

生气都不至于,只是心里非常慌,她怕闵景峰因为信任她、毫无防备的被抢走了光环,最后在痛苦和寒冷中死去。

此时,屏幕上的"林茶"已经开始哭了起来。

他们已经吃完饭了,走到了小树林旁边。

这个小树林就是最初闵景峰把林茶叫到一边，让她不要对自己有任何想法的那个小树林。

林茶着急地开口说道："别去！闵景峰，她无论说什么你都不要信！她不是我！她想要伤害你！"

但是无论她说得多大声，闵景峰都是听不到林茶声音的。

屏幕上，"林茶"哭哭啼啼地抱住了闵景峰："闵景峰，我现在压力好大，我好像解决不了……"

闵景峰温柔地摸了摸她的头，无论是假林茶，还是真的林茶，都看不到他的表情，不会知道他此刻在想什么。

只能听到他说："别急，我会有办法的。"

哪能说不急就不急，假林茶急得很，说道："如果明天我完不成任务，我就会灰飞烟灭，以后这世界上就再也没有我了。"

闵景峰开口说："你还是把光环拿回去吧，这本来就是你的东西，你拿回去也是理所当然。"

假林茶摇了摇头："不要，我舍不得你。这个事情本来就是因为我而起的，我没有必要再连累你。"

闵景峰心疼地说："这本来就是你的光环，你拿回去很平常，你不用觉得连累我。反而是我应该谢谢你给了我第二个人生。"

林茶听到这里的时候觉得晚了，闵景峰这是在说遗言的节奏！妒灵肯定会毫不犹豫地直接对毫无防备的闵景峰下手！

林茶的确没有猜错，就在她出神时，闵景峰已经被假的林茶带去了单纯和善良所在的意识世界。

她此刻没有办法看到意识世界那边的情况，闵景峰现在还不知道单纯和善良已经叛变了，黑暗之主刚才肯定就是赶去那边的，到时闵景峰一个人要对付很多人。

林茶甚至出现了幻觉，她仿佛看到了闵景峰被这几个人围攻，最后哭着问假林茶——

"只要是你想要的东西，我都可以给你，只是你为什么要这么对我？你不相信我吗？为什么要让我在痛苦和绝望中死去？"

她要出去！

林茶光是想到这一幕，就觉得自己要疯了！

她一定要出去，一定要去救闵景峰！绝对不能让闵景峰落入那样的境地！

可是她现在要出去又谈何容易？她已经试过了无数种方法了，她的这个意识世界简直就像是专门用来关她的牢笼，也不知道黑暗之主到底用了什么样的方法，直接封了她所有出去的道路。

甚至，林茶都不明白为什么黑暗之主能够进来？等等！林茶突然意识到了一个事情。

唯有被她带着进来过意识世界一次的人，才能再一次来到这个意识世界。

这个意识世界，从头到尾其实就来过一个人，那就是闵景峰，黑暗之主必然是通过和闵景峰的联系才进来的。

林茶想通了这一点，立马想通了一些事，她拿起闵景峰曾经用过的纸和笔，还有一些椅子桌子，然后打开了壁炉，把这些东西全部扔了进去。

虽然她心里有点舍不得,但是比起闵景峰本人来说,这些物品实在是什么都不算。

在林茶烧光了这个意识世界里面闵景峰当时碰到过的所有东西以后,一下子就感觉到了整个意识世界又回到了自己的掌控之中。

黑暗之主靠的是闵景峰在这里留下的痕迹而进入这个世界的,那些痕迹一旦被抹去,黑暗之主将再也进不来林茶的意识世界。

此时,闵景峰被"林茶"带到了意识世界,见到了单纯和善良。

闵景峰愣住了,他其实已经猜到了这个人是假的林茶,可是现在突然来到了意识世界,还看到了单纯和善良后,他立马就意识到林茶此刻正面临较大的危险。

他不确定是不是黑暗之主搞的鬼,林茶是否安全也不知道,所以他什么都不能做,只能按捺住自己的情绪,先看看他们的下一步行动。

假林茶开口说道:"你先吃下这个东西,很快我就可以帮你把光环取出来,并且能够保住你的命。"

闵景峰:"……"其实假林茶完全不用补充的,既然能够保住命,那刚才还哭哭啼啼的干吗?

闵景峰猜测假林茶之所以这样说,是想要稳住他的情绪,不让他反抗。

闵景峰接过来,然后把药吞下去,说道:"已经吃了。"

见他已经吃了下去,黑暗之主才从旁边走出来,开口说:"几个

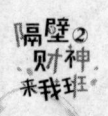

小时不见,心情还像刚才那么好吗?"

闵景峰并没有意外,他现在还确定不了真的林茶在哪儿,于是将计就计把假林茶护在身后,说:"心情自然是好的。能够为自己心爱的人出一份力,在最风光的年纪死去,从此成为她无法忘记的白月光,我只要一想到这些,心情就挺好的。"

黑暗之主听到这话,简直是气疯了,看了一眼假林茶。

假林茶毫不犹豫地出手,直接打伤了闵景峰。

闵景峰这才转过头,震惊地看着假林茶:"为……为什么?"

假林茶按照黑暗之主给出的剧本说:"我对你一直都是在演戏,从头到尾我就只是想拿回属于我的光环而已。我以后的确会怀念你、怀念你的蠢。"

闵景峰仿佛遭受了天大的打击一样晕了过去。

在场的人包括单纯和善良,都没有想到他会晕过去。

假林茶解释道:"刚刚我说的话对他造成的刺激太大了,再加上我给他吃的药生效了。"

黑暗之主看到这一幕倒是挺高兴的,说道:"可以了,把光环取出来。"

就在这时,他们看到意识世界一阵扭曲,紧接着入口处出现了一个熟悉的身影——

"住手!"林茶大声呵斥。

黑暗之主看到林茶,很高兴地说道:"可惜你来晚了一步,没有看到闵景峰撕心裂肺的样子。"

林茶:"神经病!"她从来没有见过这么小格局的神经病!

林茶环顾了一下四周,死灵和物理老师不知道为什么并没有掺和进来,在场的只有黑暗之主、妒灵、单纯和善良。

看到她的时候,几个人同样都防备了起来,林茶也没有客气,都这个时候了,她什么都不顾及了。

这个意识世界跟她自己的意识世界可不一样,这个意识世界是属于人类守护者的,她就是人类守护者。

林茶直接控制着所有的千纸鹤一起攻击那四个人。

然而黑暗之主还是能够避开攻击,径直朝着林茶的方向而来。

林茶也顾不了那么多,冲了过去,跟黑暗之主打了起来。

林茶比不过黑暗之主,几乎可以说是被黑暗之主碾压了。

就在林茶差点受伤的瞬间,一道淡黄色的光径直穿过了黑暗之主的身体。

林茶转过头看到头上顶着金灿灿的光环的闵景峰。

他笑着说:"你不会真的以为我中了他们的计,对吧?"

林茶立马冲了过去,抱住闵景峰:"你怎么会这么优秀啊!"

闵景峰实在是太厉害了,居然完全没有被骗!

闵景峰摸了摸林茶的头,说道:"你现在试试能不能把这个光环拿下来?"

林茶看着他头上现在的光环,开口说:"不用不用,我现在这样就可以。"

她之前必须取出光环是因为光环融入了他的身体,她触不到光环就不能发挥光环的作用,现在光环是在闵景峰头上顶着的,她能够直接接触到光环了,也就能够发挥光环的作用了。

林茶伸出手,握住了光环,闭上了眼睛,小声跟闵景峰说道:"闭上眼睛,我让你睁开眼睛的时候你再睁开。"

闵景峰自然是听话地闭上了眼睛。

一瞬间,整个意识世界被光环发出的光芒照耀,剩下那几个没有闭上眼睛的人,都哀号了起来。

按理说单纯和善良本来是不会被光环的光芒所伤害的,只是现在她们的灵魂已经不再纯粹,自然是抵抗不住这个光环的净化能力了。

"可以睁开眼睛了。"林茶开口说道。

闵景峰睁开眼睛便看到了林茶被一片彩色的千纸鹤包围着。

上司来的时候,林茶上交了这些人,而且还提了一个条件。

上司皱了皱眉头,说道:"他如果愿意的话,可以。"

意识世界的所有千纸鹤都变回了彩色,孩子们也完全好了起来。两人回到现实世界的时候才发现,这里几乎到处都是一片欢声笑语。

然而,两个逃课的人被物理老师罚站,于是两个人在教室外面站着听课。

林茶本来还想对物理老师和死灵做点什么的,但上司说这个世界是有黑有白的,有光明就总有黑暗存在,再加上他们这一次并没有参与这件事,就放过他们了。

林茶看了看旁边拿着课本听课的闵景峰,心里暖暖的,还好还好他没事。

她看着他的侧脸，想了想，凑到了他的身边——

"最后一句话的意思是我第一次见到你的时候，就觉得心里充满了爱，想要把所有最美好的东西都给你。"

## 番外

高中同学毕业十周年聚会的这天,林茶原本就有些心绪不宁,正好去见见老同学,散散心。

闵景峰最近特别忙,自然就没去。

同学聚会定在五星级酒店里,主持聚会的是班长。

大家高中毕业后就没再见过了,现在一看到许久不见的同学,一眼就能看到时间在彼此身上留下的痕迹。

男生们变壮变成熟了,女生们则变得精致又优雅,与当年埋头和试卷较劲的样子完全不一样。

当林茶出现时,大家还小小地惊讶了一下。

林茶以前就长得好看,现在过了十年,整个人沉淀得更加优雅大方。

同学们看到她一个人,纷纷迎了上来,嘘寒问暖。

"茶茶,你真是越来越好看了!"

"你本来高中时就够漂亮了,现在更漂亮了。"

"闵景峰呢?他没有来吗?"

高中毕业后,大家就很少联系了,但都是同学,偶尔也能从其他地方看到两个人在一起的消息。

前段时间,大家听说闵景峰自己开的科技公司上市了,都露出了钦佩的神情。

学校好多女生都忍不住发朋友圈,觉得林茶的眼光果然不一样,闵景峰以前班上的女生还会偷偷抱怨自己错过了一个潜力股,那语气,仿佛高中的时候,她对闵景峰好一点,闵景峰就会跟她有什么一样。

林茶班上的同学倒是觉得挺好的,他们本来就很喜欢林茶。

"闵景峰现在算是咱们学校混得最好的吧?"旁边的一个女生说道。

她这话一出口,其他人纷纷看向了林茶。

"茶茶,你们当时关系不一般吧?你们不厚道啊,还一个劲儿地不肯承认。"

林茶有些心不在焉,淡淡地回道:"那个时候真不是你们想的那样。"

其他人一听这话,心里都有了底。

林茶手机响了一下。

老公发来了短信:"同学会大概什么时候结束?我开完会就过来接你。"

林茶正要回消息,就被旁边的女孩子抽走了手机:"茶茶,同学会不许玩手机。咱们都十年没见面了,大家好好玩。"

"我先回一条消息,不然我老公会担心。"林茶说道。

"啊!"

"茶茶,你结婚了!是跟闵景峰吧?"

"茶茶,你什么时候结婚的?"

"他今天有些忙,没时间来。"

大家打趣了几句就放过林茶了。

这场同学会倒也挺热闹的,多年没见的老同学们玩闹的玩闹,唱歌的唱歌,像是回到了高中时代。

唯一的区别是不用再担心高考,不用再担心未来,因为他们已经经历过高考,看到了未来。

同学们很少说起现在的生活,更多的是说着大家共同相处的那段高中时光——

"那个时候,咱们班女生都想给茶茶当嫂子。"

"真怀念大家一起围观茶茶和闵景峰在操场上走来走去的那段时光。"

"他们俩还一直不承认呢。"

林茶像是回到了高中时候,那个时候天很蓝,空气很干净,学校总是被阳光笼罩,然后她注意到了一个和所有人都格格不入的少年。

林茶忍不住笑了。

"茶茶在笑什么呢?"

林茶摇了摇头,不好意思说,她只是想到了曾经的闵景峰,想到了他那个时候身处黑暗却依旧把他能够发出来的所有光都给了她。

林茶心里突然多了一些勇气，迫不及待想要知道结果了，她拿着包去了旁边的厕所。

五分钟后，林茶从厕所里出来，整个人呆坐在自己的座位上。

大家见她一脸呆愣的样子，也不知道她发生了什么，纷纷关心地询问着她。

这时，旁边的女生突然睁大了眼睛，紧接着示意林茶："你快看，你老公来了。"

这两个字从高中同学口中说出来，林茶感觉格外别扭，却又有种很奇特的感觉。

林茶回过头，看到穿着西装的闵景峰朝她走了过来。

闵景峰现在越发地成熟冷静，身上的每一分每一寸都透露着成熟男人的魅力。

但当他看着林茶时，却有少年的清亮眼神，一如当年。

闵景峰走了过来，大家自觉地把林茶旁边的位置让了出来——

"终于来了，闵哥！"

林茶就看着闵景峰跟她的同班同学们一起喝酒，听他们说着高中时候的故事。

其实在高中时期他们俩的关系特别纯洁，只是没想到在这一群同学眼里，他俩已经谈恋爱很久了。

林茶撑着手，有些困了。

等睁开眼睛时，她发现自己正趴在闵景峰的背上。夏日的风中，带着栾树花开的幽香。

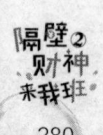

"咱们现在去哪儿？"

"带你去酒店睡。"

"嗯？"

"我喝酒了，不方便开车。"

"没事，我没喝酒，我开车就好了。"

"你一点酒都没喝吗？"

"对啊，因为怀孕了就不能喝酒了。"

前面的人整个都僵住了，紧接着是不敢相信："我是不是喝太多了，出现了幻觉？"

"你幻觉听到什么了？"

"我们有孩子了？"

"可能是你喝多了，真的出现了幻觉。"

闵景峰愣了一下，转过头亲了亲林茶："没事，没有孩子也没关系。"

"完了，不该开这个玩笑。我们真的有孩子了。"

接下来三分钟，林茶就看着准爸爸一副惊慌失措的样子："我喝酒了怎么办？会不会对你有不好的影响？"

"我去漱口。"

林茶摸了摸准爸爸的头："没事，别慌啊，我不会有事。"

高中毕业同学会十周年，实际上也是两个人在一起的第十年，明明这个人知道她有多厉害，可是每次只要一遇到一点小事，他还是害怕她会受到伤害。

一如当年。

林茶亲了亲男人的脑门儿,像是亲当年的少年。

她一开始因为快要当母亲了,心里有些慌,可是现在,她一点都不慌了。

路在夜色中延伸出去,越来越长,林茶知道,现在,未来,她都会是幸福的人。

本书由城南花开委托长沙大鱼文化传媒有限公司正式授权花山文艺出版社,在中国大陆地区独家出版中文简体版本。未经书面同意,本书的任何部分不得以图表、电子、影印、缩拍、录音和其他手段进行复制和转载,违者必究。

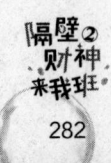